東京駅・大阪駅であった泣ける話

株式会社 マイナビ出版

CONTENTS

置いてきぼりのキラキラ

朝比奈歩

あれは小学校に上がる前。五歳ぐらいのときかな。

母に連れられて電車に乗って、いつもより遠出をした。着いたのはとっても大きな駅で、人もたくさんいて、いろんな音が飛び交っていた。

まだ駅の構内なのに、そこはまるで一つの街のようにお店が並んでいて、自分が知っている地元の駅とはあまりにも違いすぎた。

「ここは外国なの？」

「違うわよ。ここは東京駅。一番大きな駅よ」

笑いながら返された母の言葉を、幼い私はよく理解できなかった。手を引かれ、目も口もまん丸に開いてずっと上ばかり見ていた。

「よそ見してないで。迷子になるわよ」

なにもかもが珍しくて新鮮で、足を止めてもっと見ていたいとせがむ私を、母は引きずるように次の乗り換え電車のホームまで連れてきた。

ちょうど電車がすべり込んできて、広いホームにたくさんの人があふれた。

母は人波をかき分け電車に向かう。発車音がホームに響く。

母は足を早めたが、私の視線は人垣の間から見える売店に釘付けだった。手を伸ばしたら届きそうな距離にお菓子が陳列され、日の光を受けて飴玉やチョコレートの包装が宝物みたいにキラキラしている。

一瞬、繋いだ手が緩んだ隙に人波に押し流され、私の肩からするりと抜けたバッグの肩紐だけが母の手に残る。すぐに振り返るが、人、人、人。

「ママ！」

私の叫び声はかき消され、前にも後ろにも進めない。プシューッ、とドアが閉まる音がして、目の前がさっと開けた。

電車に飛び乗った母が、手にした私のバッグを見て呆然とし、顔を上げる。ドアは無情にも閉まったあと。私と母は、ぽかんと見つめ合う。

電車が遠ざかっていく。母がなにか叫んでいたがよく聞こえない。どれぐらい、そこでぼうっと突っ立っていたのだろう。

置いていかれた。わかった瞬間、私は大きな声を上げて泣き叫んだ。キラキラした夢のような世界から、不安だらけの世界に私は放りだされてしまったのだ。

リビングのソファで、なかなか鳴らないスマホに溜め息がこぼれる。テーブルには母が作ってくれた朝食の残り。テレビでは昼の番組が垂れ流しになっている。うるさく感じて電源を落とすと、急に静かになった。

子供の頃から住んでいる実家は住宅地に建っている。ぽかぽかと晴れた今日みたいな新緑の季節に、家でじっとしているのは気が滅入った。

父は会社で、母は買い物。私はこないだ面接までこぎつけた企業からの返事待ちだ。

体を壊し、新卒採用で六年勤めた会社を辞めたのは去年。給与は少ないが、のんびりとしてて居心地のよい会社だった。それが一変したのは、会社が吸収合併されてからだ。合併した企業からきた上司や同僚と馬が合わなかった。私はあっという間に、会社の新しいやり方についていけなくなり、ストレスから体調を崩した。引き留められ、別部署への異動もすすめられたが、もう出勤することが怖くなっていた。

それから数カ月は自宅療養し、体調がよくなってきてから再就職活動を開始したのだが、結果はかんばしくない。

きっと今回の面接も駄目だろう。無意識に握りしめていたスマホをパーカーのポケットにつっこむと、玄関が開く音がして騒がしくなった。

「ただいま〜」

母の声と、複数の足音。騒々しくリビングに入ってきたのは、嫁いだ妹と三歳になる甥だ。近所に住んでいて、実家によく子供連れでくる。

「真っ昼間からダラダラして。食べ終わったなら、片付けぐらいしなよ」

やってくるなり、よけいなことしか言わない妹に気分が悪くなる。

「いいのよ。お姉ちゃん、まだ体調がよくないんだから」

「そうやって、甘やかす……」

なんか感じ悪い。私は朝食の皿を手に立ち上がった。

妹は、昔から世話焼きで口うるさい。でも姉妹仲はいいほうで、よく一緒に出かけていた。でも、妹が結婚し出産してからは距離ができた。私が会社を辞めてからは、妹の言動がいちいち鼻につくようになった。

妹はイヤミを言っているつもりはなく、心配しているだけだってわかってる。でも、結婚して安定している人はいいよね。そんな僻(ひが)みがむくむくとわいてくるようになってしまった自分が嫌だった。

母から遠回しに、いい人はいないのか探りを入れられる回数も増えた。過去に彼氏はいたけれど、社会人になってから出会いはない。ちょっとイイなって思う人がいても、食事どまりでそこから先に進まなかった。

前に、結婚したいなら早く探したほうがいいよと同僚からマッチングアプリをすすめられたが、そこまでガツガツできなくて登録しなかった。

『いい人がいたらなんて言ってるうちは、結婚できないよ』

そう言い放った同僚の言葉は、胸に痛かった。まさしく、そういうふんわりした結婚願望しかなかったからだ。

結婚したいのかしたくないのか。今の私にはそれさえもわからない。

リビングでは、妹が子供とファストフードを食べている。

あっさりと結婚を決めて、あっという間に子供まで産んで、妻からお母さんにまでなった妹がまぶしい。

妹なのに。私より年下なのに。どんどん先に行ってしまう。最近は、彼女がしっかりお母さんをしている姿を見ていると、自分がみじめになってくる。幸せを見せつけられているみたいだ。

スマホが振動した。あせって取った電話は友達からだった。

同じ大学で、今でも頻繁に会っている女友達が二人いる。そのうちの一人から、話したいことがあるから夜に集まらないかと連絡がきた。

このまま暗い気持ちで返事待ちをしているのも嫌で、ＯＫした。不採用なら愚痴ろうと思ったが、東京駅に降り立った時点でまだ返事もない。

これは落ちたなと思いながら、待ち合わせの店から近い改札を目指して歩く。

駅構内は相変わらず賑わっている。沈んでいた気分が、明るい喧噪(けんそう)につられてうきうきしてくる。

億劫な気持ちもあったけれど誘いにのってよかった。そう思えたのは、乾杯したあと飲みに誘ってくれた友達の報告を聞くまでだった。

「実は……結婚することになったんだ」

そう言ってはにかむ彼女の指には、婚約指輪が光っていた。

「そうなんだ！　おめでとう！」

「……おめでとう」

もう一人の友達より、少し出遅れてお祝いを口にする。

「で、相手ってどんな人なの？」

「前彼と別れた直後に出会った人で、とんとん拍子に話が進んでね」

出会いからプロポーズまでを話す彼女は幸せそうだった。私は急に味のしなくなったアルコールと一緒に、どろりとした嫌な感情をのみ込んだ。

「それで、二人に結婚式に出席してほしいんだけどいいかな？」

もちろん頷く。彼女のことは好きだし幸せになってもらいたい。なのに、じりっと胸を焼くあせりにも似たこの感情はなんだろう。

「あ、そうだ。結婚式の招待状だけど、新しい住所に送って」

「新しい住所？　引っ越したの？」

私も驚く。先月会ったとき、そんな話はでていなかった。

「そうじゃなくって、一人暮らし始めたの」

アルコールで上がっていたはずの体温が、すっと下がる。

三人とも実家が東京で、今まで誰も一人暮らし経験はなかった。それになんとなく安心感があったのに、急に裏切られたような気がした。

「お金大丈夫なの？　働いていたときの私より給料少なかったじゃん」

ぶしつけな言葉が、ぽろりとこぼれていた。

下に見ているつもりはなかったけど、そんなニュアンスが含まれた言い方。

私のほうこそ無職なのに、恥ずかしい。

「ははっ、そうなんだよね〜。だから家賃の安いシェアハウスなの」

微妙な空気になった場を誤魔化すように、友人が明るく笑う。

「普段は知り合えないような人たちと知り合えて、けっこう楽しいよ」

「へえ、いいね。でも、なんで急に一人暮らし？」

「してみたかったっていうのが一番かな。それと、この年で実家暮らしって言うと、いいよね親に頼れてってイヤミ言われることない？」

「あるある。ちょっと引け目感じるよね。マウントとる人もいるし」

「わかる。なにが悪いのって思うけどさ、やっぱ私も親に甘えてるかなって。だから思い切って家を出たんだ。言われっぱなしも癪じゃん」

二人の会話が胸にぐさぐさと突き刺さる。私にも憶えがある。だけど私は、そこから思い切って一人暮らしをしてみようと踏みださなかった。結婚だって同じ。

どちらも面倒臭くて遠ざけてきた。それなのに、手に入れられない自分に劣等感をつのらせる。誰かに「早く動け」と急かされたわけでもないのに、どうしてこんなに羨ましく妬ましく思ってしまうのだろう。

それからなにを話したのか、よく憶えていない。変なことを言わないように気をつかって、ぜんぜん酔えなかった。

疲労感にぼんやりしていたら、東京駅のホームにいた。友達二人も同じホームだけど、私とは違う電車。前なら、一人暮らしを始めた彼女は私と同じ電車だったのに。

でも、やっと一人になれることにほっとしていた。

「で、どうする?」

ぼうっとしていたら、そう聞かれて首を傾(かし)げた。

「もうっ、聞いてなかったの?」

「これから、この子のシェアハウス行って飲み直そうって話」

「まだ話し足りないし、明日休みじゃん。シェアハウスの共有部分が綺麗で広いんだ。騒いだりしなければ大丈夫だから、来ない?」

もちろん来るよね、という二人の視線から目をそらす。「明日休み」とか、それを当たり前のように言える二人に、引け目しか感じない。

今の私は、毎日休み。終わりの見えない休みに、どんどん卑屈になっていく。

「……いいや、私は」

落っこちそうになったショルダーバッグの紐を肩にかけ直し、息を吐く。ちょうど、二人が乗る電車がホームに入ってきた。

「そっか……残念。でも、気が変わったら来てよ」

「そうだよ。もっと話したかったのに」

到着した電車のドアが開く音。そこから吐き出される人たちのざわめきで、一気に騒がしくなる。

その喧噪の中に、取り残されていく。なぜか泣きたくなった。

「今の私に、話すようなことなんてないよ。わかるでしょ」

ずっと我慢していたものが、周囲の人波に押されてあふれ出す。私の現状を知っている二人が、しまったというように顔をこわばらせた。

「ご、ごめん……そんなつもりじゃ……」

謝らないでほしい。もっとみじめになってしまう。

さっきまでキラキラしていた二人の空気がしぼんでいく。昔、目を奪われた売店の宝物みたいな飴のきらめき。結局、手は届かなくて駅に置き去りにされた。もしかしたら、このホームだったのかもしれない。

「電車……行っちゃうよ。バイバイ」

早く二人と離れたくて、追い返すように吐き捨てた。

「あ、うん。じゃ、バイバイ」

「じゃあ、気を付けて帰ってね」

心配そうな二人の声と、電車に駆けこむ足音。せっかくの楽しい気分を台無しにしてしまった。

発車音がして、風に前髪があおられる。つられて顔を上げると、去っていく二人と目が合った。私を置き去りにしたかつての母と同じように、心配そうなあせったような目で私を見ていた。

「私、なにやってるんだろ。バカじゃん……」

声が震えて、じわりとにじんだ涙で視界がぼやけた。

置いていかれる。みんな私より先にいってしまう。そればっかりで、なんにも見えていなかった。忘れていた。

置いていくほうも不安なんだってこと。

あのとき駅に置き去りにされて泣き叫んだ子供の私は、すぐに駅員に保護された。名前と住所をちゃんと言えた私に、駅員のおじさんは偉いねと頭を撫でて、温かいココアをくれた。それを飲んでいるうちに落ち着いて、不安はなくなっていた。

だけど駅に引き返して私を探していた母は、綺麗にセットした髪を振り乱し、泣きながら駅員室に駆けこんできた。

よかった無事で、ほんとによかったと言って私をぎゅうっと抱きしめてくれた。

あのときみたいに、置き去りにされた私を迎えにきてくれる人はいない。だって、私はもう大人だから。

あふれてくる涙を手の甲で拭う。

みじめだとか、羨ましいだとか、そんなの全部私の気持ちの問題で、二人はずっと楽しく会話をしていただけ。あんまり話さない私に気をつかって、近況泣いていたら駅員に声をかけられた。

「大丈夫ですか？　気分でも悪いんですか？」

ホームに突っ立ったまま、しゃくり上げていたら駅員に声をかけられた。泣いていても心配してくれる人なんていないと思っていたのに。きっと酔っ払いかなにかだと思ったのだろう。それか、線路に飛び込むとでも心配されたのか。

「大丈夫です……置き去りにされたって勘違いしちゃって」

変な言い訳に、駅員は不思議そうに首を傾げた。急におかしくなって、私は小さく笑いをもらしていた。

だって、私はもう大人だから。置いていかれたって、大丈夫。怖くなんてない。大声で泣いて迎えを待つのは時間の無駄。

のんびりホームでココアを飲んでもいいし、キラキラを手に入れることもできる。それからみんなを追いかけていっても、ぜんぜん遅くない。

電車がまたホームに入ってきた。私が乗る予定だった電車はとっくに発車したあとで、今度のは友達二人が乗っていった方向。

私はその電車に、迷わず飛び乗った。

ええねんよ

ひらび久美

『元カレを見返せると思ってあなたと付き合ったのに、無職になるなんて。あなたが失業するってわかってたら、ほかの人を選んだのに』

じゃあ、俺じゃなくてもよかったってことかよ。

唸るようにつぶやいた拍子に目が覚めた。ゴーッという低い音が絶え間なく聞こえ、窓の外では三月上旬の乾いた田んぼが飛ぶように流れ去り、怜治は自分が東京駅から新大阪駅に向かう新幹線の車内にいることを思い出した。

(嫌な夢を見た)

ため息をついてペットボトルのお茶を飲む。

二週間前、七年働いたIT企業が倒産した。クリスマス前に合コンで知り合った彼女にそれを話したら、さっきのセリフを吐かれて振られた。失業に加えて失恋というダブルショックで気力が湧かず、就職活動を毎日「明日からやる」と引き延ばしていたら、両親の視線が冷たくなった。そうしてどうしようもなく腐りかけていた一週間前、大学時代の友人の紀本順からメッセージが届いたのだ。先輩の結婚式で会って以来だから、一年ぶりの連絡だった。

【会社が倒産したんやろ。新聞で見たわ。なあ、俺の会社で働かへんか？】

　学部の違う順とは大学のテニスサークルで知り合った。大阪出身の彼は祖父が玉葱(たまねぎ)農家で、農業を儲かるビジネスとして確立させたい！　と夢を持ち、ベンチャー企業を起こした。普通ならありがたい申し出かもしれないが、順の会社は大阪にある。そんな遠くで働く気にならずに既読スルーしていたら、昨日、また順からメッセージが届いた。

【仕事のことはとりあえず置いといて、気分転換に遊びに来いや。うまい大阪名物食わしたるし、俺んちに泊めたるで】

　それなりにうまいお好み焼きやタコ焼きなら、東京でも食べられる。順の言葉に心は動かされなかったが、両親の視線がますます痛くなって家に居づらくなり、今こうして大阪に向かっているのだ。

　やがてのどかな風景は無機質な建物に取って代わられ、新幹線は新大阪駅のホームに滑り込んだ。案内に従ってＪＲ京都(きょうと)線に乗り換え、大阪駅で電車を降りる。急ぎ足の人々に押されるようにしながらエスカレーターに乗り、改札を抜けた。大阪には順を含め、テニスサークルのメンバーとユニバーサル・スタジオ・ジャパンに遊びに行って以来だから、八年ぶりだ。

（あの頃はこんな未来になっているなんて、想像すらしなかったな……）

切ない気持ちで息を吐き、順が待ち合わせ場所として指定してきた〝居酒屋みっちゃん〟を地図アプリで検索した。その居酒屋は〝新梅田（しんうめだ）食道街〟の中にある。食道街とは見慣れない名称だ。

アプリを頼りに辿りついた新梅田食道街は、ＪＲ大阪駅の高架下に位置し、狭い通路の両側にレトロな香り漂う小さな店がひしめき合っていた。長い行列が伸びるタコ焼き屋にお好み焼き店、暖簾（のれん）越しにおじさんの笑い声が賑やかな立ち飲み処（どころ）、年季の入った店構えの寿司屋、昭和感満載の洋食店……。食のテーマパークかと思うくらいたくさんの店が並んでいる。焦げたソースや甘辛いタレの匂いに鼻をくすぐられ、怜治は久しぶりにはっきりとした空腹を覚えた。

目的の居酒屋は食道街の中程にあり、怜治は暖簾を持ち上げて中を覗いた。店内は横長で狭く、Ｌ字型のカウンターに十席、右手に二人掛けのテーブル席が二つあるだけだ。カウンター席は八割方埋まっていたが、順の姿はない。

「いらっしゃい。何名様？」

カウンターを片づけていた同い年くらいの女性店員が怜治に声をかけた。ボブカットのすっきりとした美人で、シンプルな白いシャツとジーパンに薄ピンクのエプロンと三角巾を着け、胸元に〝居酒屋みっちゃん　ミナ〟と書かれた名札を留めている。

「二名です。待ち合わせなんですけど、友達はまだ来てないみたいで」

「ほな、テーブル席へどうぞ」

ミナに促され、怜治は奥のテーブル席に腰を下ろした。荷物を置けるスペースはなく、背負ってきたバックパックはテーブルの下に押し込むように入れる。

さっき見た立ち飲み処よりは広そうだが、こんなに狭い店に入ったのは初めてだ。カウンターの奥は厨房（ちゅうぼう）になっていて、湯気の向こうに捩（ねじ）り鉢巻をした五十代後半くらいの男性の姿が見える。いかにも居酒屋の大将といった雰囲気だ。

ミナが厨房に入り、入れ替わるようにして小柄なおばあちゃんが出てきた。

白い割烹着姿で白髪をお団子にまとめている。ゆっくりとした動作で湯飲みの載った盆を運んできた。腰はあまり曲がっていないが、顔つきからすると九十歳くらいだろう。そんな歳でも働いているのかと怜治は驚いた。

「お兄ちゃん、初めて見る顔やねぇ」

おばあちゃんはにここにこしながら怜治の前に湯飲みを置いた。

「あ、はい。友達と待ち合わせで……ここには初めて来ました」

「ほな、この食道街のことはなんも知らへんの？」

「はい」

怜治の返事を聞き、おばあちゃんは誇らしげな表情になる。

「この食道街は一九五〇年に開業してん。食堂街やなく食道街って言うんは、狭い通路に店がぎょうさん並んでるからやで。名付けのセンスあるよなぁ。そんで、この店はうちのお父ちゃんが開いてん。店名は娘の愛称から取ったんや」

「そうなんですか」

食道街の由来を知って納得する怜治に、おばあちゃんは話を続ける。

「ジェイアールって呼び方、お兄ちゃんはもう慣れた？」

「え？」

「つい〝国鉄〟て言うてまうねん。なかなか言い慣れへんわ〜」

国鉄、つまり日本国有鉄道が民営化されてＪＲになったのは一九八七年のはずだ。怜治が困惑顔になったのを見て、ミナが苦笑しつつおばあちゃんに並ぶ。

「ごめんなさいね。おばあちゃん、初めてのお客さんには店の生い立ちを語らな気が済まへんのですよ。まあ、おばあちゃんにとったら、みんな初めてのお客さんになるんやけど……」

怜治は話を整理しようと、疑問を言葉にする。

「ええと、みっちゃんという店名はあなたの愛称からつけられたんですか？」

ミナは驚いたように目を丸くして、胸の前で右手を振った。

「いえいえ。店の創業は一九五〇年ですよ」

するとおばあちゃんが言葉を挟む。

「創業者はうちのお父ちゃんや。お父ちゃんが娘である私の〝ミチエ〟って名前からつけてん」

見ると、おばあちゃんの割烹着には〝居酒屋みっちゃん　横田ミチエ〟という名前と、電話番号と住所、血液型が手書きされた名札が縫いつけられていた。

「お友達が来たら料理をお出ししますね」

そう言ってミナはミチエと一緒に厨房に戻った。直後、暖簾をくぐって順が入ってくる。

「いらっしゃい、まいど！」

大将が野太い声をかけ、順は「大将、どうも」と右手を軽く挙げた。順はこの店の常連客のようだ。

「怜治、来てくれて嬉しいわーっ。久しぶりやな。待たせたか？」

順は怜治を見つけ、満面の笑みで近づいた。コートを脱いで椅子に座る。

「いや、俺もさっき来たとこ」

怜治は言いながら、メニューを探してテーブルの上を見た。しかし、メニューはなく、壁にもメニュー表は掛かっていない。代わりに、カウンター上の壁に一枚の紙が貼られていた。

〝メニューは女将のみっちゃんのお任せ料理のみ。新鮮な食材でみっちゃんがお袋の味を作ります。一品四百円。アレルギーや食べられない食材などがある場合は、女将以外の店員にお知らせください〟

「へえ、居酒屋でお任せ料理ばかりなんて、珍しいな」

怜治はつぶやきながら厨房を見た。そこではミチエがせっせと料理を作っては客に出している。ミチエがスーツを着たカウンター席の客の前に皿を置くと、その中年男性客は笑いながら右手を振った。

「おばあちゃん、これさっきも出してもろたで。隣のお客さんのちゃう？　渡しとくな」

どうやらミチエが同じ料理をまた彼の前に出したようだ。ミチエは「あら、そう？　ごめんやで」と言ってから、不満そうに唇を尖らせる。

「それはそうと、おばあちゃんなんて呼ばんといてーな。うち、まだ六十にもなってへんねんで。いくら孫が生まれたからって、おばあちゃんなんて嫌やわ」

その言葉を聞いて怜治は首をひねった。ミチエはどう見ても九十近い。

「ドリンクは何にします？」

ミナが注文を取りに来た。

「いつもの〝呉春(ごしゅん)〟を。怜治も同じのでええな？　大阪の地酒や」

順が怜治を見るので、怜治は「順に任せるよ」と頷いた。

すぐにミナが一升瓶を抱えて戻ってきた。升の中にグラスが置かれ、その中になみなみと日本酒が注がれるのを見ながら、怜治はミナに尋ねる。

「ミチエさんは……思ったよりもお若いんですね。てっきりミナさんのおばあちゃんなんだと思ってたんですけど」

ミナは酒を注ぎ終わり、瓶に栓をして答える。

「私のおばあちゃんですよ。でも、たぶん、おばあちゃんは私のこと、孫やなくて娘やと思てるんちゃうかな～」

「え……？」

怜治が眉を寄せたのを見て、ミナは寂しげな笑みを浮かべる。

「おばあちゃん、認知症なんです。半年くらい前から物忘れがひどなって、三ヵ月前に店を辞めてもろたんですよ。でも、デイサービスにはぜんぜん行きたがらへんし、『店に立ちたい。料理したい』ってしょっちゅう言うんで、かかりつけのお医者さんと相談して、また店で働いてもらうことにしたんです」

「認知症なのにですか？」

怜治の声につい驚きが混じった。

「この三ヵ月おばあちゃんは家でずっと泣いてばかりやったんです。『なんでうちを閉じ込めるん？　なんで店に行かせてくれへんの？　うちに料理するな言うのは、死ね言うてんのと同じや』って……。大好きなおばあちゃんに、顔を見ればそんなふうに泣いてすがられるんは……本当につらくて」

ミナの顔が悲しげに歪んだ。怜治には想像することしかできないが、もし祖母に何度もそんなふうに泣かれたら、きっと胸が潰れそうになるだろう。

ミナは厨房に視線を送り、ミチエを見て口元に笑みを浮かべた。

「おばあちゃんのためやと思て仕事を辞めてもろたけど、そうやなかったみたい。おばあちゃん、店ではあんなに生き生きしてて、料理の腕はいまだに父も私も太刀打ちできへんのです。お医者さんにも『失われた能力の回復を求めるより、残された能力を大切にしましょう』って背中を押してもろたから、私と父でおばあちゃんを支えて、おばあちゃんには望むように働いてもらおう思てます。もちろん、お客さんにも助けられてますけど」

ミナは「料理を持ってきますね」と言ってテーブルから離れた。

「九十近いおばあちゃんでもまだまだ現役やねんで。おまえも会社が潰れたとか彼女に振られたとか、そんな理由でいつまでも腐っとったらあかんやろ」

友人に厳しくも励ますような口調で言われ、怜治は目線を落とした。順が話を続ける。

「実はな、近々出荷システムを改良して、生産者がもっと自由に販売価格や販売先を決められるようにしたいねん。そのためにはＩＴプラットフォームの強化が必要で、おまえの力を貸してほしいんや」

順は起業するとき、怜治と同じ情報技術学部で大阪出身の遼子（りょうこ）先輩を誘って会社を起こしたはずだ。

　怜治は顔を上げて言う。

「遼子先輩がいるんだろ？　俺は必要ないはずだ」

「遼子先輩、赤ちゃんができたんやけど、双子やってな。それで、『生まれたら子育てに専念したいから、早めに退職したい』って言われたんや。先輩が信頼できる優秀なＩＴエンジニアとしておまえの名前を挙げてた。このタイミングでおまえの会社が潰れたんも、なんかの縁やと思う。ぜひ俺の会社で働いてほしい。俺の夢に力を貸してくれへんか」

　順はぐっと身を乗り出した。順のまっすぐな眼差しに耐えられず、怜治は視線を彷徨（さまよ）わせる。

「俺に遼子先輩の代わりが務まるわけないだろ。俺なんかに夢を賭けるなよ。俺は倒産するような会社に勤めてた男なんだ」

　怜治が吐き捨てるように言ったとき、目の前に白い大きな丼が置かれた。透き通った金色の出汁にたっぷりの牛肉とネギが入っている。うどんの入っていない肉うどんのような料理だ。

「はい、〝肉吸い〟、おまっとうさん」

ミチエは盆を抱えて怜治ににっこりと笑いかけた。

「あんたはあんたでええねんよ。誰かの代わりになろうとするんやなくて、あんたのできる精いっぱいが出せれば、それでええねん」

そう言って怜治の背中をポンポンと撫でた。励ますように、勇気づけるように。華奢(きゃしゃ)なおばあちゃんなのに、その手は温かく力強い。

順が腰を浮かせてミチエを見る。

「そうやで！　おばあちゃん、ええこと言う！」

ミチエは腰に手を当てて頬を膨らませた。

「ちょっとぉ、おばあちゃんなんて呼ばんといてよ～」

「ごめんごめん」

順は笑いながら後頭部を掻いた。

「しょうがないねぇ。ほな、次のお料理、持ってくるわね」

ミチエはつられたように笑って背を向けた。その直前、ミチエの名札がチラリと見えた。名札の本当の意味が、すとんと腑に落ちる。あれは、彼女らしい生き方とそれを支える人たちの絆の証なのだ。

（『あんたはあんたでええねんよ』か……）

怜治は肩からふっと力が抜けるのを感じた。丼に口をつけると、一口食べた肉吸いは、牛肉の程よい脂のうまみがカツオ出汁に溶け出していて、思わず唸りたくなるうまさだ。

『誰かの代わりになろうとするんやなくて、あんたのできる精いっぱいが出せれば、それでええねん』

熱々の肉吸いが食道を通って胃に染み渡るとともに、ミチエの言葉がじんわりと心に染みて、胸の奥に何かうずうずとしたものが生まれる。

「なあ」

怜治は顔を上げた。順がなんだ、と問うように首を傾（かし）げる。

「遼子先輩、どんなプログラムを使ってるんかな？」

怜治の言葉を聞いて、順はパッと顔を輝かせた。

「そ、それは俺の会社に興味があるってことやな!? 百聞は一見にしかずや！ いつでも見せたる！ いや、今から見せたる！」

順が椅子からさっと立ち上がり、怜治は落ち着かせるように手を上下に振る。

「おいおい、まずは〝うまい大阪名物〟をちゃんと食わせてくれよ」

「お、おう、せやな。俺もまだミナちゃんとぜんぜんしゃべれてへんし」

順は小刻みに顔を上下させながら腰を下ろした。怜治が順の視線を追うと、厨房ではミナが棚から皿を出し、ミチエが楽しそうに盛りつけている。

——あんたのできる精いっぱい。

「本当に俺でいいのか？」

怜治が問いかけると、順は友人に視線を戻し、しっかりと頷く。

「怜治がええねん」

俺の精いっぱいを必要としてくれている人がいる——。

怜治は心を固め、肉吸いを頬張った。

富士山は見えたか見えないか

桔梗楓

土曜日の早朝——大阪（おおさか）駅中央改札口にて、彼女を待つ。

今日は二ヶ月に一度の逢瀬の日。僕には恋人がいるのだが、彼女は東京（とうきょう）に住んでいて、僕は大阪に住んでいる。いわゆる『遠距離恋愛』というものだ。

遠距離恋愛なんてロマンティックだと、知人にからかわれたことがある。

しかし実際は大変なものだ。毎回交通費がかかるし、頻繁にも会えない。

『会えないぶん、思いを募らせて気持ちが盛り上がるんじゃないか』

彼女とややマンネリ化している知人は言った。

しかし僕は言いたい。会えないというのは単純に不安になるのだ。近距離に恋人がいても、数日会わないだけで寂しくなってしまうのが恋というもの。

ただ、僕らが二年も続いているのは、お互いを信頼しているからなのだろう。

遠距離恋愛は、信頼こそが長続きする秘訣だと、僕は個人的に思っている。

ぼんやりと考え事をしていたら、いつの間にか約束の時間になっていた。

改札口から、見慣れたボブカットの女の子がやってくる。

「杏里（あんり）！」

　手を振ると、杏里はパッと僕を見つけてぶんぶんと手を振り返した。

「立琉（たつる）！」

　彼女こそが僕の恋人。久しぶりの再会に、心がいつになく舞い上がる。

　杏里は笑顔で駆け寄ってきて、興奮冷めやらぬ様子で口を開いた。

「聞いて！　今回は富士山（ふじさん）が見えたんだよ〜！」

　杏里は、新幹線で移動する際、必ず富士山を見たがるのだ。見えた時はこんなふうに喜ぶし、見えなかった時は実にテンションが低くて面白い。

　僕らは二ヶ月ごとに駅を変えて逢瀬を重ねている。前回は東京駅でデートしたから、今回は大阪駅。僕の地元だ。

「さて、まずは腹ごしらえやな」

　時計を確認すると、八時三十分。始発の新幹線に乗るので、デートの開始時刻はいつも午前だ。

「今日は朝ご飯抜いてきちゃったから、もうお腹ぺこぺこだよ」

「ほんなら、歩きながら探そか」

僕は杏里と手を繋いで歩き出した。ほどなく、いい感じのカフェが見つかったので、そこでサンドイッチと珈琲をいただく。

「時間は有限だから、どこに行くかくらいは計画立てたいね〜」

「そやなあ。とりあえずルクア行く？」

「そこ、前も行ったよね？」

「じゃ、ちょっと駅から離れて散歩でもしてみるか？」

「いいね〜。おすすめの撮影スポットとかあったら、教えてほしいな」

僕たちの共通の趣味、それは写真撮影だ。

被写体に拘りはない。撮りたいものを好きに撮るのが僕と杏里のスタイル。

彼女と知り合うきっかけになったのは、ＳＮＳだった。たまたま意気投合して、なんとなくふたりで会うことになって、なんとなくつきあい始めた。

手早く朝食を終えると、さっそく散歩をしますかと、歩き出す。

ベタかもしれないが、大阪駅南ゲート広場にある『水の時計』に連れて行った。ここは、天井から地面に落ちる水滴で文字を表す時計が有名なのだ。

様々な絵柄が水音と共に見えたあと、ざぱっ、ざぱっと現在の時刻が現れる。

「わあ、すごい！」

杏里の目が輝いた。

「面白い！　これ、ジャストタイミングでシャッターを切りたいね」

杏里は自前のデジタル一眼レフを構えて、何度かシャッターを切った。

「うう、むずかし……」

「タイミング読むにはコツがあるんや」

僕はタイミングを簡単に教える。杏里は何度も頷き、再度カメラを構えた。

「いーち、に、さんっ」

ピピッ。すぐさま液晶画面を確認。

「ちゃんと撮れた〜！」

「よかったよかった。これで半日潰れたらどないしよと思ったわ」

「もう、いじわる！」

むっと唇を尖らせる杏里は可愛い。僕は笑いながら、再び彼女の手を取った。

大阪駅は広い。お隣の阪急梅田駅も含めるとさらに広い。そして地下街もこれまた大変広い。大阪駅は国内最大のダンジョンと言われている程なのだ。でも、たくさんの商業施設があって、ぶらぶら歩くには本当に最適である。休憩できるカフェがあちこちにあるのも便利。地下街なんかは、独特な雰囲気を持つ店を見つけたりもできる。

幸せな時間はあっという間に過ぎていった。一秒一秒をできるだけ味わっているつもりなのに、気が付けば空は茜色に染まっている。

「そろそろ、夕飯やな」

「そうだね……」

いつもこの時間は、互いにほんの少し、声に寂しさが籠もる。

僕たちのデートはいつも日帰りだ。僕も彼女も普段の仕事が忙しいので、二日の休日のうち一日は、ゆっくり身体を休めようと話し合っている。

今日の夕飯は串揚げにした。杏里はお別れを言ってから大阪駅の改札口を通っていく。だが今日の僕はなんとなく我慢できず、改札口にＩＣＯＣＡを通した。

「……どうしたの？」

「今日はＪＲ使って帰ろうと思って。淡路で阪急に乗り換えたらええし」

杏里は、とても嬉しそうな笑みを浮かべた。

一分でも一秒でも一緒にいたい。ギリギリまで、手を繋いでいたい。

こういう気持ちを募らせるのが、遠距離恋愛の醍醐味だと他人は言う。けれども実際にそれをやっている側からしたら、寂しい以外のなにものでもない。

新大阪駅で、杏里は電車を降りる。一度だけ僕に手を振って歩いて行く。ドアはほどなく閉まって、電車は次の駅に向かってゆっくりと走り出した。

僕は杏里が完全に見えなくなるまで、その後ろ姿を視線で追っていた。

離れている間は、メッセージアプリと電話がコミュニケーションの命綱。

杏里はいつも明るくて、寂しさを見せない。もしかしたら、彼女は僕よりもあっさりした気持ちでいるのかもしれない。確かにそれくらいの性格でないと遠距離なんて続かないと思うのだが、反面、ちょっとだけ悔しい。

そのうち結婚しようと約束していた。

でも、明確に『いつ』という話し合いはしていない。結婚を意識すると、考えなければならないことが山ほどあるからだ。

まず、どっちに住むか。これは大きい問題だ。間違いなく『移住する側』に負担がかかる。そして単純な話、お金がかかる。ささやかでも結婚式は挙げたいし、ふたりで住めるような住居を探さないといけない。子供は作る予定があるか？　まだそこまで考える余裕がない。でも、お金はないよりあったほうがいい。そんな話をなんとなくして、なんとなく、二年が経った。

杏里と結婚したい気持ちは当然ある。だけど僕は、結婚に計り知れない壁を感じていた。ひとたびその道を選んだら、取り返しがつかない気がして怖かった。だから僕は、確固たる理由もないまま漠然とお金を貯め続けていた。

杏里とのデートまであと二週間という頃。突然彼女から電話がきた。

いつも楽しそうに、今日の出来事を話してくれる杏里。でもその夜は様子がおかしく、気落ちした感じだった。

「あのね、立琉。聞きづらいんだけど、結婚のこと、どう考えてる？」

「どうって。そのために今、お互いに貯金してるんやろ」

「目標額とか、あるの？」

それは、今まさにそれで悩んでいる、聞かれたくない問いかけだった。

「立琉は、結婚を話題に出すと、いつも貯金しとこうって、そればっかりだよね。大事なのはわかるけど、いつごろ結婚するのかくらいは決めておこうよ」

「それは……せやけど、その時期が来たとして、お金が心許(こころもと)ないと困るやんか」

「じゃあ、安心できる額っていくらなの？　いつごろなら、もう大丈夫なの？」

じわりと、胸のあたりがざわついて、ぐらぐらと熱くなった。

「せやから、もう少しだけ」

「――私、もう二十八歳なんだよ」

その言葉に、僕は目を大きく見開く。

二十八。僕と同い年。だからなんだ、年齢なんて関係ない。でも、彼女の言葉には明らかな焦りが見えた。もしかしたら今日、誰かから何か言われたのかもしれない。それで不安を覚えたのかもしれない。

ちゃんと答えを言ってあげなきゃ。明確な貯金額と日付を言えば、安心してもらえる。でも僕はいくら貯めたら安心するんだ？　いきなり結婚の時期なんて問われても、答えなんて出せるはずがない。僕は、結局――。

「そういうふうに言われるんは、ちょっと重いわ」

何が重いか。責任か、彼女の気持ちか。どちらにしても最低の言葉だった。

「ごめんなさい」

しばらくの沈黙のあと、杏里は謝った。そして明日は早いからと言って通話が終わる。

どうしてあんなことを言ってしまったのか。『重い』なんて言われても、杏里はどう返したらいいかわからなかっただろう。それなのに。

……一瞬、自分の怯えが見透かされた気になった。

杏里は明るくて元気であっさりした人。でも、寂しいという気持ちは僕と同じくらい持っていたのかもしれない。でも、結婚を焦らせたら僕が嫌な気持ちになると思ってずっと黙っていた。今日はその隠していた不安が湧き出てしまって、つい聞いてしまったのだろう。

次のデートは二週間後。その時、ちゃんと謝ろう。

……でも、もし。この二週間のうちに杏里が僕に愛想をつかしたら？

ベッドで寝っ転がっていた僕は、ガバッと起き上がる。

僕はずっと杏里に甘えていたのかもしれない。逃避と慎重をはき違えて、大切なことから逃げ続けていたのかも。

遠距離恋愛は、別れ話が圧倒的に多い。長続きしないものだと知人にも言われたし、数々の『ジンクス』も聞いたことがある。

だが、僕たちは違うと笑い飛ばしていた。

どうして笑えたのだろう。僕も杏里も、どっちも気持ちは同じだ。いつか終わってしまうかもしれないという恐れと戦いながら、それでも好きだから信じ続けるしかないのが、恋というもの。

……僕に足りなかったものは、覚悟だった。

それから一週間後。金曜日の夜。僕はアプリで杏里にメッセージを送った。

『明日、東京駅に行きたい。時間空いてる？　忙しかったら一時間でもいい』

杏里は驚きを表すスタンプのあと『空いているよ』と返事をよこした。

翌日――土曜日。

僕は毎回、東京駅で迷う。大阪駅はダンジョンだと言っているやつ全員に言いたい。東京駅も似たようなダンジョンであると。

どうして中央口って書いてある出口が複数あるのだ？　大阪駅は出口こそいっぱいあるけど、中央口と書いてある出口は一カ所だけだ。見習ってほしい。

丸の内（まるのうち）とか、八重州（やえす）とか、地方の民には意味不明なのである。

「えーっと、えーと……」

案内板を頼りに歩いて、なんとか待ち合わせした改札口を出る。

「立琉、こっちだよ！」

声をあげながら、杏里がこちらに駆け寄ってきた。

「いきなり来るって言うから、びっくりしたよ。デートの日は一週間後なのに、どうしたの？」

杏里はいつもと変わらない調子だった。あの日の夜に交わした会話なんてすっかり忘れているみたいに。

でも、それが杏里なりのやせ我慢なのだと、僕はもう知っている。

「会いたかったんや」

「え？」

「悪いか。二週間も呑気に待ってられへんかったんや。あんなふうに……電話が終わってしもうたから」

だんだん恥ずかしくなって、ぽそぽそと言い訳がましく言う。杏里は驚いた顔をしたあと、なんだかとても嬉しそうに微笑んだ。

「そっか……。富士山、見えた？」

「杏里に会ったら何言おうって考え込んでたら、いつの間にか見そびれたわ」

「ええ〜！　そこはちゃんと見てよ。新幹線は、富士山が見られる数少ないチャンスなんだから」

「なんでそんな富士山に拘るんかな……」

僕も釣られて、くすっと苦笑してしまった。

ああ、やっぱり好きだ。一緒にいたい。新幹線の中でいっぱい考えたけど、もう言葉なんて、これしか出てこない。

「なあ、結婚しよ」

唐突なプロポーズに、杏里の目が丸くなる。

「一週間後は、杏里の両親に挨拶したい。それで今日は、どっちがどっちに住むかとか、いろいろ決めよ」

早口で予定を話すと、彼女は両手で口元を覆った。そして——ガクッと拍子抜けしたように肩を落とす。

「なんてプロポーズなの。いきなりすぎ。こんな改札口でする話題じゃないし」

「ば、場所なんて別にええやろ。こういうのはなあ、勢いが大事なんや、多分！」

ロマンティックなスポットに連れて行って、そっと指輪なんか見せて、サプライズプレゼント……なんて思いつかなかったわけではないが、想像するだけで死ぬほど恥ずかしくなったので、僕にはできない。

杏里は、たまらなくなったように、くすっと笑った。そして顔を上げると、今まで見たことがないほど、幸せそうな笑顔になる。

「嬉しい、ありがとう」

つぶらで可愛い黒目は、僅かに潤んでいた。


数年後――。

あれからほどなく、僕と杏里は結婚した。

ささやかな結婚式を挙げて、僕は生まれ故郷を離れて東京に移住した。

東京の暮らしは、最初は戸惑うことも多かったけど、今はすっかり慣れたかな。新しく就職した会社でも、まあまあうまくやっていると思う。

そして、今。

僕は都内にある病院で大変な現場に立ち会っていた。

手にかく汗。僕は少しも辛(つら)くないんだけど、心配しすぎて倒れそう。

ベッドに横たわる杏里は、苦しそうな顔をしながらも必死に呼吸を繰り返しては、顔を真っ赤にしてりきむ。

「産まれましたよ〜！」

高い泣き声。みんなの歓声。はあはあと息を刻む杏里。

僕たちの子供。僕と杏里の子が、いまこの瞬間に産まれた。

「女の子ですね」

処置をした助産師さんが、杏里の顔の横に赤ちゃんを寝かせてくれる。

ああ、なんだろうこの気持ち。うまく言葉にできない。

嬉しくて死にそう。お腹の中がグルグルして、腰の力が抜けて倒れそう。

「へへ……すごいね。可愛い。なんか、感動しちゃうね」

汗だくになりながら、杏里が我が子を見つめて微笑んだ。

「そうやな。ベタなことしか言えんけど、奇跡やと思う……」

大阪と東京。とても離れているのに、僕たちは惹かれ合った。それぞれの駅でつかの間のデートをして、少しずつ絆を深め合った。

遠いからこそ、心が離れかけたり、すれ違ったりしたけれど。

僕はあの日あの時、勇気を出して東京駅に行ってよかったと心から思う。でなければ、こんな言葉にならない幸せは手に入らなかった。

「来年は、大阪に帰って……この子、見せたいね」

小さい命。産まれたばかりなのに、宝物みたいに輝いて見えた。

「うん。ありがとう」

そうだな、みんなで一緒に帰ろう。

大阪に帰る時は、新幹線の窓から富士山が見えるかな。

杏里はいつも富士山を楽しみにしていたから、一緒に見よう。

見えたか見えないかと言って、共に一喜一憂しよう。

新たな命とともに手を繋いで生きる。どこにでもある、なんでもない日々。

だけどこれ以上ないくらいに幸せな日々が待っているだろう。

東京駅と大阪駅は、僕たちにとって大切な思い出の場所になった。

いつか子供に話せる時が来るといいな。その頃の君はどんなふうに成長しているのかな。

僕はいつか来る未来に思いを馳せて、可愛い紅葉のような小さい手に人差し指でそっと触れた。

僕達の宝物は、その指をきゅっと握り返してくれた。

望京

鳩見すた

『近くで見ると古ぼけているのに、離れてみるときらきらしている』

『昔はずっと嫌だったのに、いまではずっと愛おしい』

上京組の話をまとめると、それが〝望郷〟という感覚らしい。

社内報向けインタビューで故郷について尋ねると、新人はおおむね地方の閉塞感を嘆いた。ベテラン社員はなつかしそうにノスタルジーを語った。群馬や栃木の人間より、東北や九州出身者のほうが熱っぽかった。

つまるところ都内在住者の望郷の念は、出身地から東京までの距離、及び在京年数に比例して強くなるのだろう。

俺は東京に生まれ、東京で働いている。

在京歴は二十五年になるが、ゼロになにをかけたってゼロだ。

誰も読まない社内報とはいえ、俺が故郷をテーマにした記事を締めくくってよいものかと思う。社員の実感がこめられた望郷の想いに、偽の郷愁を混ぜて台なしにしたくない。

だから記事の締めくくりは、当たり障りない次号予告を書いた。

するとと編集長ポジションの先輩に、「おまえなあ」と呼びつけられた。

「よく聞け。この記事を読んだやつはきっと思うぞ。書いた記者はどこの出身かってな。結びには、おまえの故郷に対する想いも書くべきだろ」

「自分は東京出身なので、想いもなにも」

「そんなもの知るか。想え」

悪い先輩ではないのだが、あまりに漠然とした命令に苦笑する。

それでも仕事はやらねばならず、俺はヒントを求めて社外へ出た。


本郷(ほんごう)は俺が子どもの頃に住んでいた街だ。

いわゆる〝意識高い系〟のイメージを持たれるエリアだが、俺にはいま住んでいる梅ヶ丘(うめがおか)との違いがわからない。文京区(ぶんきょう)も世田谷区(せたがや)も、どちらも俺にはただの「街」だ。

探してみると、当時住んでいたマンションがそのまま残っていた。

八歳までをここですごしたはずだが、なつかしいという感覚はない。

単なる過去の住宅としか思えず、俺の取材は徒労に終わった。

もう社に戻ろうと、駅へ向かって電車に乗る。

そこでふいに、ひとつの記憶がよみがえってきた。

まだ六歳か七歳。そのくらいの思い出だ。

俺が物事の本質を見抜けない、子どもだった頃の。


当時、母親が入院していた。

命に別状はない。漫画雑誌を読みながら器用に自転車に乗っていた大学生とぶつかり、軽く腕の骨を折っただけだ。

とはいえ保険の都合やらで、一週間は入院しなければならないらしい。

幼い俺は母の見舞いに行きたかった。母のことも好きだったし、それ以上に入院という非日常のイベントを見たい。

しかし平日の父は仕事が忙しい。大事(おおごと)じゃないからと母も遠慮する。

結局、俺が見舞いに連れて行ってもらえるのは週末になった。

指折り数えて土曜の朝を迎え、父を揺さぶり強引に起こす。寝ぼけ眼(まなこ)の父を引きずり、早く早くと駅の改札を通る。赤いラインの丸ノ内(まるのうち)線に乗ると、運よくふたりとも座れた。ラッキーだねと俺は喜んだが、そこで予期せぬ事件が起こる。隣に座っていた父が、かくんかくんと船をこぎ始めたのだ。

父は製薬会社に勤務していて、毎日遅くまで働いている。午前様どころか、家に帰ってこないこともしばしばだ。その上いまは、入院している母の代わりに家事もこなさねばならない。父はへとへとの一週間をすごし、今日がやっとの休みだった。なのに俺のわがままで、無理やりに早起きさせられている。

子ども心にも、父には居眠りする権利があると思えた。

しかし、それにはひとつ問題がある。

俺は降りる駅を覚えていなかった。見舞いに行きたがったくせに、母の病院名はもちろん最寄りの駅すら忘れている。

なにかヒントはないかと、俺は父との会話を思い返した。

そういえば、父は乗車前に「病院まで四駅」と言っていた気がする。

四駅とはどこから数えるのだろう。

乗ってきた駅を含めるのか。あるいは電車が出発してから四番目の駅か。

車内を見回し、路線図に目をこらす。低学年ではろくに漢字も読めず、なにを見るべきかも判断できない。

そこで車内にアナウンスが響いた。早くもひとつ目の駅に着いている。

すがるように隣を見ると、父は口を開けて寝入っていた。

駅名を失念したのは俺の責任だ。父の安眠を妨げるわけにはいかない。

そわそわする俺を乗せて電車は走り、やがてふたつ目の駅に停車する。

いや違う。乗ってきた駅をひとつ目に数えたら、ここは三駅目だ。

だとしたら、次はもう母の病院がある駅になる。

もう父を起こすべきかとおろおろしていると、目の前に老婆が立っていることに気づいた。

いまの駅から乗ってきたのだろう。老婆はつり革につかまっていた。車内はさほど混んでいないが、あいにく座席はすべて埋まっている。

『おとしよりには、席をゆずりましょう』

年端もいかない子どもであっても、テレビやマンガでそのくらいのモラルは学ぶ。こういうときは立ち上がり、席を替わってあげるべきだ。

俺は父のことなどすっかり忘れ、勢いよく立ち上がった。

「おばあさん、どうぞ」

相手の目を見上げ、空けた座席を指さす。

「あら、ありがとうねボク」

老婆は目尻にしわを寄せ、酸っぱいような顔で俺を見下ろした。

「でも平気よ。電車は揺れるから、子どもが立っているほうが危ないわ。どうぞ、座っててちょうだい」

その判断は正しいと思う。俺の身長ではつり革につかまれない。

だが俺は座らなかった。

断られることを想定しておらず、体が反応できなかったのだ。

「ボク、危ないから座って。どうせおばあちゃんは、すぐに降りるから」

その言葉で、はっと思いだす。

「あっ、ぼくも、おります。すぐに」

「あら、どの駅で降りるのかしら」

俺はうつむくしかなかった。「病院まで四駅」では答えにならない。

「ボクは、優しい子ね」

老婆がにっこり微笑んで、俺の頭を優しくなでる。

おそらくは、俺が席を譲るために嘘をついたと思ったのだろう。

そうではないと伝えることもできず、かといっておとなしく座ることもできず、俺はやはり立ちつくしていた。

「そろそろ停車するわ。ボク、座ってちょうだい」

老婆の言葉と同時に、電車が減速を始める。足下がふらつく。

その段になってようやく、俺は自分の状況を思いだした。

ここが降りる駅かもしれないと、慌てて父の座席を振り返る。

「着いたな。降りよう」

父はすでに目覚めていて、立ち上がって俺の体を支えた。

「あら、本当にすぐ降りるのね。ありがとう、ボク。席を譲ってくれて。おばあちゃんも次の駅で降りるけど、座らせてもらうわね」

老婆が座席に腰を下ろしながら、降りる俺たちに手を振ってくれた。

父にうながされ、しばらく無言でホームを歩く。

電車が動いて見えなくなると、父はおもむろに立ち止まった。

「偉かったな。おばあさんに席を譲れて」

俺は驚いて聞き返した。

「おとうさん、ねてなかったの」

「うーん。体は寝てたが、頭は起きてたって感じだな」

「なにそれ」

一部始終を知られていたと思うと恥ずかしく、俺は口をとがらせる。

　すると頭の上に、父の大きな手のひらが置かれた。

「おまえは思いやりがある子だな。母さんの見舞いに行きたがり、疲れている父さんを寝かせてくれた。おまけにおばあさんに席まで譲った。大人でもなかなかできることじゃない。父さんはとっても誇らしいぞ」

　わしわしと手を動かす父は、空気までうまいという顔で笑っている。

　ほめられたことはうれしいが、まだ恥ずかしさが拭えない。

「はやく、びょういんにいこうよ」

　ぶっきらぼうに言いながら、俺は父の手を引っ張った。

「そうだな。でもまずは、電車を待たなきゃならない。言っただろ。母さんが入院している病院は、電車に乗ってから四駅だって」

　その言葉が意味することは、当時の俺にもわかった。

　老人に席を譲った俺の勇気を無にしないため、父はわざわざひとつ手前で降りてくれたのだ。

　その後、俺たちは本当の目的地である東京駅で下車した。

「これが東京駅だ。普通の駅舎とはぜんぜん違うだろ。いまはレトロって感じだが、昔はハイカラだともてはやされたろうな」

父と一緒に仰ぎ見た駅舎は、俺が知っているそれとは違った。

赤いレンガ造りの壁。洋館のような白く大きい窓。

茶色く丸みを帯びた、かわいらしくも立派な屋根。

鉄とコンクリートの無機質な駅しか見たことがなかった俺は、その建物から遺跡のような歴史とロマンを感じ取った。

「戦争で壊れたこともあったが、修理していまもこうして残ってる。目まぐるしく変わるこの街で、この駅だけは昔のままなんだ」

いましがた父にほめられた高揚感もあったのだろう。

このときに見た東京駅の姿は、ずっと記憶に焼きついている。

俺は会社に戻る前に、東京駅で電車を降りた。

父と駅舎を見上げたあの日から、もう二十年近く経過している。

赤いレンガ造りの建物は、大規模な修復工事を終えてあのときよりもきれいになっていた。まあ一年前にも見たので知ってはいる。

去年、父はここからすぐの病院で息を引き取った。

病名はよく知らない。会ったのもほぼ二十年ぶりだ。

一緒に東京駅を眺めた日からほどなく、父と母は離婚している。

父は六本木（ろっぽんぎ）にマンションを借りていた。夜の店で働く女性のために。

かなりの額を貢いでいたようで、尋常でない借金があった。

俺はもちろん、母も寝耳に水だった。父は家族のために遅くまで働いていると思っていたのに、実際は愛人の家に入り浸っていた。高給取りでもないくせに、見栄を張って借金してまで家族を騙していたのだ。

いま思えば、ひと駅前で降りたあの行動にも小ずるさの片鱗が見える。

父は眠っていたわけではないと言った。それならつり革に届かない息子の代わりに、自分が立って席を譲ればいい。

だが父は動くのを面倒がった。しかし息子がなかなか腰を下ろさない。

寝たふりをしている手前、息子に座れとも言えない。

その結果が、ああしてひと駅前で降りることだったのだろう。俺を誇らしいなどと言ったのは、見栄っ張りの屁理屈だったのだ。

父と離婚してから母は、俺を育てるために懸命に働いた。

借金を負わされることはなかったが、父からの養育費は期待できない。住居も家賃の安いエリアに引っ越しせざるを得なかった。

俺はバイトをしながら大学を出て、そこそこの会社に就職した。希望の職種にはつけなかったが、まじめに働き母に仕送りもしている。

それまでの間、父とは連絡を取っていなかった。

母との間で、父を話題にしたこともない。

俺たちにとって、父は憎むべき相手だ。苦労をさせられたことよりも、家族を裏切って平気な顔をしていたことが許せない。

だから病院から父が長くないと知らされたとき、俺は舌打ちした。

五十そこらで死ぬのは早いが、罰が下るには遅すぎる。

看護師によれば、父の身よりは俺たちだけらしい。あのときの愛人にはとっくに愛想をつかされたようだ。父はそちらでも見栄を張ったのだろう。

母は面会を嫌がった。もちろん俺もだ。しかし母は俺には行けと言う。あんな男でも父親だから、最後に顔を見せるくらいはしてやれと。

俺は渋々に東京駅へ向かった。なんの因果か、あの男は東京駅そばの病院で世話になっていたからだ。

久しぶりに見た父は、記憶の中とは別人だった。会う前は死の淵にある人間を殴るかもと懸念していたが、知らない顔を前に怒りもしぼむ。

かたやの父は、みっともなく泣きじゃくった。立派になったなと、あの頃のように俺の頭に手を伸ばしてきた。見る陰もない、骨と皮だけの。

俺はその手を払いのけ、ふざけるなと叫んだ。俺を育てたのは母だ。詐欺師まがいの裏切り者が父親面（づら）することに、心底反吐（へど）が出そうだった。

すると、看護師が割って入ってきた。お父さんは、いつもあなたの話をしているんですよと。

俺が老婆に席を譲った話を、なんべんも聞かされたらしい。眠る自分を起こさなかった思いやりのある子だと、自慢しない日はないそうだ。

看護師はさらに続けた。ここは入院に向かない小さなクリニックだと。

そもそも東京駅近辺に大きな病院はない。なのに父は幾ばくもない余生をすごすため、赤レンガが見えるここへ転院してきたのだという。

それがわかっても、俺は父を許すつもりなどなかった。この男は死が間近に迫って孤独に恐怖し、こちらの同情を買おうとしているにすぎない。

そう思っていたのに、俺の目からは涙があふれていた。

父を失うことはみじんも悲しくない。

自分が愛されていたとわかっても、心は微動だにしない。

ではなぜ、俺は泣いてしまったのか。

あのときわからなかった涙の理由が、いまようやく理解できた。

「これが、望郷の念か」

赤いレンガ造りの建物を見上げ、俺は雑踏の中でつぶやく。

『近くで見ると古ぼけているのに、離れてみるときらきらしている』

『昔はずっと嫌だったのに、いまではずっと愛おしい』

父と東京駅を見た思い出は、俺にとっては唾棄すべきものだった。

だがいまとなっては、決して戻ることのできない時間の象徴でもある。

ずっと同じ姿でいてくれる東京駅は、目の前にある離れた故郷だ。

病院での俺は、〝帰りたい〟という望郷の念に泣いていたのだろう。

たぶん父も同じだ。赦さなくても、赦されなくても、誰にだって帰りたいと偲ぶ記憶はある。

「問題は、これをどうやって書くかだな」

俺はひとりごちつつ改札へ向かった。

記事を読むのはきっと先輩だけだろう。

それでも俺は書くつもりでいる。

東京出身の人間だって、故郷への想いは誰かに伝えたい。

大阪ダンジョンの冒険者

溝口智子

上司に呼ばれた。他の社員に聞かれないように、わざわざ会議室を使って話をする。

部長は俺の体調を心配してくれているとわかってはいるが、その気遣いが逆に俺の心持ちに悪影響を及ぼしてるように思う。ずしりと重い石を背負ったようで、吐き気がするほど気分が沈む。

「今度の出張だが、無理はしなくていいんだよ。体調がアレなようだったら、誰か他に頼むから、気軽に言ってほしい」

「いえ、大丈夫です。自分の案件ですから。後輩にも示しがつきませんし。体調を整えてご迷惑をかけないようにしますので」

「迷惑とか考えなくて大丈夫だから。自分のことを第一に考えてくれればいいからね」

部長は表向きは優し気に話す。だが俺を扱いかねていることがわかる声音だ。腫れ物に触るという言葉を、うつ病と診断されてから毎日、実感する。

誰もかれもが心配してるという状況に、誰もかれもが俺を観察してるという事実を思い知らされる。放っておいてくれ、俺は大丈夫なんだ。

思わず漏れ出た小さなため息に気付いた部長が慌てて「疲れたかな、ちょっと休憩したらどうだ」と妙に気遣う。ここではもう、自由にため息をつくことさえできない。


カウンセリングルームはいつも白々しい。大きな窓があるが、俺が通う時間には西日が差すためブラインドは下ろされてる。この部屋の中では季節の移ろいなんてわからない。やけに目に沁みる蛍光灯の灯りを受けていると、麻酔で動けない状態で手術台の上にいるような気分になる。

「最近はどうですか」

カウンセラーは初老の痩せぎすな女性だ。分厚い眼鏡の奥の細い目を俺に向ける。

「はあ、まあ……」

「なにか変わったことはありましたか？」

「いえ、まあ……」

　水を向けられても俺の口は重く、言葉は出ない。カウンセラーは、俺がうつ病を患（わずら）ってるせいで話したくない気分なのだろうと思ってるはずだ。だが、それは本当じゃない。俺はカウンセラーを信用してないから話さないだけだ。

　職場のメンタルテストというやつで高ストレス状態という結果を出した俺は病院通いをする羽目になった。確かに気分が塞ぐことが多かったし、なにをしてもだるいし、いつごろからか生きているだけで精いっぱいだった。

だけどそれは、もともと暗い俺の性格から来るもので、病気などではないと今も思ってる。薬を飲んで二か月も経った今、病気だと言うなら治ってもいいころだろう。

　精神科の主治医から勧められたカウンセリングもなんの効果も生みはしない。やはり、俺の性格の問題なのだ。

「困ったことがあったら、なんでも話してくださいね」

　そんな優し気な声に、ここに通い始めたころは騙されていた。カウンセラーというのは全幅の信頼をおける存在で、なにがあっても味方でいてくれる、そう思ってた。

だけどある日、気づいた。眼鏡の奥の細い目は、ぜんぜん笑っていないことに。俺は観察され、分析され、カルテに記録される。それだけの存在だ。ここに救いなんかない。

話さなければいい。話したくなければ黙っていていい。カウンセリングとはそういうものだろう。ブラインドを見つめる。じっと視線を動かさないようにと力をいれていたが、体調の悪さのせいですぐに疲れて椅子の背にもたれた。

カウンセリングは一時間。あと五十二分もここにいなければいけないのか。大きなため息が出た。カウンセラーはなにも言わない。そうだ。ここでなら、いくらため息をついてもいいんだった。もう一度、思いきりため息をつく。少しだけ楽になった気がする。

黙ってるといつまでも観察は続く。だから仕方なく世間話をする。

「来週、大阪出張に行くんです。日帰りの予定ですけど、長引いたら泊りになるかも。カウンセリングの前日なんで、もしかしたら次回はカウンセリングを休むかもしれません」

「大阪出張ですか。お忙しいですね」

「はあ、まあ」

「大阪は初めてですか？」

「はあ……」

「大阪駅の地下通路にな、ええ立ち飲み屋があんねん」

「は？」

突然、カウンセラーが関西弁になった。驚いて顔を上げると、カウンセラーは楽し気に話し続ける。

「私は大阪出身なんよ。大阪駅から梅田(うめだ)のあたりは、よう通ってたわ」

「はあ」

「そんでな、その立ち飲み屋いうんが、女将が一人で切り盛りしてんねん。あのおばちゃん、元気かなあ」

「はあ」

それから十分ほど、カウンセラーは立ち飲み屋で出会った変な客たちのエピソードを披露した。俺はただ圧倒されて、ぽかんと口を開けて聞くことしかできなかった。

奇妙に親密な空気が流れる一時間を過ごし、カウンセリングルームを出た。

空は曇り、今にも雨が降りそうだ。カウンセリング中はブラインドで隠されていてわからなかった。傘は持ってない。降ってきたら濡れるしかない。

今出てきたドアを振り返る。白々と明るい部屋の中、本当にカウンセラーは笑っていたのだろうか。


出張はうまくいった。予定よりずっと早く、昼ごろに取引先を出た。大きく息をつく。疲れた。初めての場所、初めての相手、東京から大事な案件を抱えて来たという責任。どれもがずっしりと肩に圧し掛かっていたのだ。重さに押しつぶされそうだったのを、なんとか耐えきった。

とにかくどこかで休もう。立ち続けていたら倒れそうだ。周囲を見回してもオフィスビルばかり。駅の方に行ってみよう。

這うような気持ちで大阪駅に隣接する商業施設にたどり着いた。カフェかなにかあるだろうかと構内図を見ると、飲食店が多数入ってることがわかった。

どこでもいいと思うと、どこも選べない。判断力が鈍るのも、うつ病の症状だと聞いた。だが、俺が優柔不断なのは昔から……だと思う。最近、昔のことが思い出せない。嫌な記憶は出てくるが、嬉しかったこと、楽しかったこと、大切で輝かしくて、懐かしいような記憶はどこかへ消え去ってしまった。

とりあえず、店舗数が多い上階を避けて地下一階に下りる。実際に店を見てみれば食指が動くこともあるだろう。歩けるうちにどこかへ行かなくては。でも、どこへ？　俺はどこへ向かえばいいんだ？

どの店とも決めることができず歩き続け、駅へと続く地下通路に出てしまった。ふとカウンセラーの言葉を思い出す。

『大阪駅の地下通路にな、ええ立ち飲み屋があんねん』

この際、立ち飲み屋でもいい。カウンターに寄りかかれば少しは楽になるだろう。その店を探して歩き出す。

ぴかぴかの床、カラフルな壁、立ち並ぶオシャレな店。大阪駅の地下通路は高級デパ地下のような華やかさだ。本当にこんなところに立ち飲み屋なんかあるんだろうか？

半信半疑で歩いていて、すぐに後悔した。疲れた。俺がここ最近感じる疲れやすさは異常だ。やはり俺は主治医が言うようにうつ病なんだろうか。

戻ろう。これ以上は体がもたない。

もと来た方を振り返ると、森のようにたくさん並んだ柱にぐらりと目眩（めまい）がした。人の動きが真っ直ぐではなく、三方向、いや、四方向にも五方向にも複雑に動いている。分かれ道が何本もあって、自分がどこから来たのかもわからなくなった。

一本道だと思い込んで床ばかり見て、周りの景色に気を付けてなかった。仕方ない。どこに続くかわからないが、先に進んで別の出口を探そう。

ところが、地下通路は複雑に分岐していて、駅への道標には上下左右なんて真っ直ぐを示す矢印だけじゃなく、斜めを指したりUターンを指示したりしているものも多い。曲がれという指示の矢印の方に顔を向けると、道は二本あるなんてことが何度もあり、俺の体力は限界を迎え壁際にしゃがみ込んだ。

せめて地図はないかとスマホで検索してみると、大阪駅の地下通路は『日本一の地下迷宮』と呼ばれてるらしいことがわかった。なんだそれは。ゲームやマンガじゃあるまいし、なにが地下迷宮だ。そうすると俺は迷宮で迷った冒険者ということか。冒険なんかしたくない、宝物なんか探してもいないのに。

「あんた、どないしたんや。気分でも悪いんか」

声をかけられて重い頭を上げる。六十歳前後の小汚い小男だ。昼間だというのに酒臭い。この綺麗な地下通路に相応(ふさわ)しくない、怪しい。親切そうなふりをしてスリでも働こうとしてるんじゃないのか。

「なんや、けったいな男やな。人のこと睨んで。親切は素直に受け取った方がええで」

恩を売ってどうするつもりだ。俺は拒絶の意思を込め、目を伏せて床を見た。

「さよか。ほなら、わしは行くで」

男はあっさりと俺の前から去った。ほら見ろ。一応、声をかけてみただけだ。本当に親切にする気なら、抱え上げてでも救護室だかどこだかに連れて行くだろう。見せかけだけの善意なんてまっぴらだ。

「あ」

振り向き、小男が去った方角を見る。あの酒臭さ、いかにも立ち飲み屋に通っていそうじゃないか。聞いてみればよかったのに。ゲームで言うなら、今の男は主人公に重要な情報をくれる街の人という立ち位置じゃないか。しかも出会えるチャンスは一回だけ。捕まえ損ねたら冒険の難易度が上がる……。なんて、何を考えてるんだか。ゲームのし過ぎだ、俺は。

しばらくしゃがみこんで首を折り、ぐったりしていたからか、少しだけ動くためのエネルギーが戻って来た。よろよろと立ち上がる。

難易度がどうだろうと、この迷宮を攻略しなければならない。スマホで検索した地図を見直す。地図があればどこかにたどり着けるだろう。

「ちくしょう」

思わず掠（かす）れた声で悪態をつく。自分がどこにいるかわからないのだ、現在地がない地図に意味はない。道行く人に聞けば、教えてくれる人もいるだろう。だが、今日はもう知らない人に話しかける気力はない。

スマホをポケットに突っ込んで歩く。時折壁に手をついて荒い息をつく。持ち物は薄っぺらなビジネスバッグ一つなのに、鉄塊（てっかい）を持っているかのようだ。

やはり、俺はうつ病なんだ。薬が効かないのは俺の症状が重いせいだろう。病気なんだから、もう諦めて倒れてしまおうか。他人の世話になりたくないとか、騒ぎを起こすのは恥ずかしいとか、そんなことどうでもいい。

上司が腫れ物に触るみたいに「出張は負担になるんじゃないか？」なんて似合わない気遣いを見せるのも、仕方ない。みんな病気の人間なんて見たくなくて当然だ。俺だって、病気の自分なんか見たくもない。

なんでこんなことになったんだろう。同僚は「働き過ぎだよ。休暇を取ってゆっくりしたら」なんて言ってた。ゆっくりなんてしてられない。目の前には山のように仕事が積み重なってるんだ。俺がやらないと山は高くなるばかりだ。誰にも頼らない。……頼れない。手伝ってくれ、休ませてくれなんて、そんな甘えたことを言う自分にはなりたくない。

ふと顔を上げると、上りのエスカレーターが見えた。ああ、ゲームオーバーだ。探し物は見つからない。この地下迷宮で迷って疲れて、自分のダメさ、弱さを実感しただけ。カウンセラーが言っていた立ち飲み屋のことが真実だったのかどうか、知ることはできなかった。

これからも俺は信用できない相手と、あの無機質なカウンセリングルームで無意味な時間を過ごしていくしかないんだ。効かない薬と、自分を変えようともしない意固地な性格に心を痛めつけられながら。

エスカレーターはゆっくりと地上へ向かう。負け犬の俺を出口へと押し出す。気分が悪い、意識が遠のく、目の前が暗くなる。

その時、鋭い光が目を焼いた。思わず目を瞑り、手で顔を覆う。昼の光が俺を射たのだ。地上に上りきって、よろよろと数歩、前に出て空を見上げる。

真っ青で、高い位置にある太陽がさんさんと輝いていた。陽光が、凝り固まった体を暖めてくれる。

爽やかな風を頰に感じた。ああ、もう初夏なんだ。いつから俺は季節が移ろうことも忘れてたんだろう。

カウンセラーの言葉を思い出す。

『うつ病は誰でもなる可能性がある病気です。心の中にある迷路で迷子になって疲れ果てているようなもの。少し休んで、松明(たいまつ)をともせば、また探検を続けられるようになりますよ』

今、俺は休息をとるために地上に出て来たのかもしれない。この世界が美しいと思い出すために。

「ちょっと、あんた。こんなところに立ってたら人に撥(は)ねられるで」

「あ、すみません」

慌ててエスカレーターから離れる。妙な言い回しで注意してくれた中年の女性は下りのエスカレーターに向かっている。

「あの！」

思わず声をかけてしまった。女性は振りかえり「なにか用？」と戻ってきてくれた。

「この地下通路に立ち飲み屋はありますか」

ばかなことを聞いている。こんなに歩いても見つからなかったのに、まだ諦めがつかないのか。

「あるよ、たくさん」

「え！」

「駅地下からいろんなビルに地下道は延びててな。ほんでな、通路ごとにいろんな特徴があんねん。立ち飲み屋横丁みたいなところもあるんやで」

「そ、それは地図でいうとどの辺ですか」

あわててスマホを取り出して地図を見せる。

「やー、うちはちょっと地図はわからんわ。でも、間違いなくあるから」

そう言って女性は去っていった。

「間違いなく、あるのか……」

その言葉は松明だ。俺は今、地図も持ち、地上に上ったことで現在地を知ることもできた。もう一度、もう一度だけ挑戦してみよう。カウンセラーが言っていた立ち飲み屋を探して、地下迷宮を歩こう。

きっと見つかるはずだ。俺が心の迷宮に落としてしまった大切な記憶や感情が。探してみよう。何かを探したいと思うほんのわずかな気持ちが、きっと俺を今までとは違う道へ連れて行ってくれる。

行こう。宝物のように隠された心を取り戻して、俺の中の迷宮を抜けるんだ。

下りのエスカレーターに足を置き、自分の心の中とよく似た暗い地下迷宮に、真っ直ぐに目を向けた。

『大阪駅の地下通路にな、ええ立ち飲み屋があんねん』

松明は明々(あかあか)と燃え、俺の行く手を照らし出す。俺は冒険者としての一歩を踏み出した。

記憶の花園

朝来みゆか

日本橋口から東京駅構内に入り、グランスタへ。綾美との待ち合わせの前に、誕生日プレゼントを見繕うつもりだ。

地下一階、雑貨エリアの棚の前には、仕事帰りらしい女子たちが肩を寄せ合い、こそこそ話していた。つい先ほど職場のトイレで聞いてしまったやり取りを思い出す。

——矢萩さんって、松下さんのこと好きなんですかね？

——誰？

——派遣の……あの、「そうですね」ばかり言う……。

——ああ。確かに、松下さんに対する態度、他の人と違うかも。

声の主は、三十になったばかりの正社員と、育休から復帰した正社員だった。千尋は個室から出られず、二人の会話を聞くはめになった。

誤解だ。いや、確かに松下課長代理のことは気になる。大好きな声優と似た声だから。

でも松下は子持ちの既婚者だし、スポーツバーで飲むビールが何よりの楽しみという人間だ。アニオタ兼声優オタの千尋と話が合うはずはない。

契約満了になるまで、職場の清涼剤として味わうだけ。きちんと仕事をして、

「ありがとう」と言ってもらえれば充分。

わきまえていたのに、なぜ彼女たちに勘ぐられてしまったのか。

ああ、泣きたいような吠えたいようなこの気持ち、早く綾美にぶちまけたい。

ラッピングの仕上がりを待っていると、

「千尋ちゃん？」

ざわめきとは一オクターブ違う声に呼ばれた。

紺色のスーツだけど就活生ともお受験ママとも違う着こなし。

「……高遠(たかとお)女史」

「懐かしい、その呼び方。二十年ぶりに聞いた。千尋ちゃん、全然変わらないわね」

「女史も変わってないように見える。元気そう」

「ふふ」

時間が二十年戻ったような気がした。

スーツにハイヒール。常に隙のないフルメイク。自信満々な物言いは同級生たちを遠ざけたが、老教授には気に入られた。二年次から助手のように研究室に出入りしていた彼女に、誰がつけたのか、ぴったりなあだ名が「女史」。

もっと上のランクの大学に行かなかった理由は知らない。どういうわけか彼女の方から千尋に近づいてきて、卒業直後の結婚式にまで招待された。年賀状のやり取りはすぐ途切れてしまったけれど。

「お待たせいたしました」

ラッピングされた包みを受け取って売り場を離れると、女史もついてきた。

「仕事帰り？　丸の内(まるのうち)OLなのね？」

「うん、まぁ」

会社の住所は日本橋本石町(ほんごくちょう)、最寄り駅は三越前(みつこしまえ)。とはいえ、日本橋OLでは格好がつかない。

「残業はないの？」

「今日はこれから綾美とご飯食べるんだけど、一緒に来る？」

「えっ……それはちょっと」

「だよね。まさかこんな風に会うと思ってなかったし。仕事忙しい？」

「そう、そうなの。おかげさまで、任されている大阪支社が業務拡大の方向で、いいクラウドエンジニアを探しにきたのよ。もちろん仕事はリモートだから、どこに住んでいてもかまわないのよ。そういえば、こちらの日本橋は『にほんばし』って読むんですってね。ほら、向こうは『にっぽんばし』なのよ」

「へえ。なかなか大きなものを任されてるんだね……。東京へはときどき？」

「ううん、とても久しぶり。ねえ、千尋ちゃん、転職しない？」

「え？」

「うちに入ってもらえないかしら。待遇は悪くしないわ。千尋ちゃんのように聡明な人に助けてほしいの。そう、ここで会えたのもきっと神様のお導きよ」

「いやそんなこと言われても……神様って……」

「よければ今の条件を教えて。どんなお仕事？」

「えっと、派遣で……仕事内容はお客様からの問い合わせを部署ごとにまとめたり……職場の雰囲気も悪くはないんだけど、婚約者がもうすぐ海外転勤になるから、先のことは未定というか。今までは声優と派遣社員の二足のわらじ生活をしてて、そんなわけで、魅力的なお話だけど、難しいかなと……」

途中から自分でもなにを言っているんだかわからなくなってきた。案の定、高遠女史は怪訝そうな顔をしている。

「もし違っていたらごめんなさいね。声優って、洋画で声を当てるお仕事のこと？」

「そう、吹替。そういうの。今は結婚準備で忙しくて休止中なんだけどね」

舌が、唇が、勝手に嘘をつく。派遣契約満了時には、正社員への登用を打診されていることまでまくし立てると、ようやく女史は納得した表情になった。

元気で、がんばってね。

手を振って別れた。紺のスーツは、すぐに人波に消えた。

「それほんとの話？」

前菜をぺろりと平らげ、綾美は首をかしげた。

「本物の高遠女史かなあ？　幻じゃないの？　あ、生霊とか」

「怖いこと言わないでよ」

「だって高遠女史って、部下にクーデター起こされて、職を追われたんだよ。お子さんは不登校で、家庭もうまくいかなくなって、実家にも居場所がないんだって」

「離婚したの？」

胸の奥がざわつく。陳腐な不幸は女史には似合わない。

そう思う一方で、引きずり下ろしたい気持ちがあるのも否めない。

「まだもめてるんじゃないかなあ。お互いの家が折れなくて、大変みたいよ」

「綾美と食事するから一緒にどう、って誘ったけど断られた」

「そりゃそうでしょ。あ、誘ったことを非難してるわけじゃないからね。長く話すと、ぼろが出ると思ったんじゃないかなあ」

「でも、転職しないかって誘ってきたよ。どういう意味だったんだろ」

「断るのを見越した上でしょ。あ、ごめんね。でも、千尋が聞いた通りならびっくり。古巣を追われたのは確かな話なのに、もう新しい会社で権力握ってるなんて」

「成功しか知りません、って顔してたよ。わたしさ、女史に見くびられたくなくて、とっさに嘘ついた。見栄張って、嘘八百のプロフィールをペラペラと……」

「女史の方からマウント取ってきたんでしょ？」

「そうだけど……うわー、思い出したら頭痛くなってきた」

虚飾に満ちた千尋の近況報告を、嘘だと女史は見抜いていたかもしれない。

「わたし、あの頃の自分に『まだ夢がかなってない』って言いたくなくて、嘘ついたのかも。レッスン費を捻出するための派遣仕事も、なんだか居心地よくないし」

「千尋……」

夢はかなうと思っていた。成功するルートしか考えていなかった、二十歳の頃。

久々に会った女史の向こうで、お花畑に住む二十歳の自分が手を振っていた。

こちらとあちらの間には深い溝があって、飛び越えられるのはごく限られた人だけと思い知ったのは三十歳を過ぎた頃だっただろうか。毎年、若い子のデビューに歯噛みする。希望に満ちた美しい花園は、今や記憶の中にしかない。

「お待たせしました。天津麺（てんしんめん）のお客様」

店員が湯気の立つどんぶりを運んできた。綾美は雑炊のセットだ。

「おいしそう」

「そっちも」

微笑み合って箸を手に取ったとき、あーあー、とあどけない声がした。

ベビーカーを押した女性と、その友人らしい女性が店に入ってきたところだ。

他の客とは違う空気が一行を包んでいる。

「何歳くらいかな？」

「一歳にはなってないかな。六ヶ月は越えてると思う」

綾美がしっかりした声で答えた。以前は会う度に、「不妊治療に払ったお金で車も買える」と嘆いていたが、最近は「子どもがいなくても人生楽しまなくちゃ」に変わった。旦那さんの出身地である三島に移り住んだのが、いいきっかけになったのかもしれない。

赤ん坊を含む「三名様」は、千尋たちの隣のテーブルに案内された。

ベビーカーの赤ん坊は泣き続けている。突然連れてこられた見慣れない場所におびえているようだ。目が合ったらあやしてみようと思ったが、黒い瞳は母親と天井を往復するだけだ。

「こっちは眼中ないね」

「でもかわいい」

綾美はスプーンですくったドリアを唇に近づけ、また離した。

「彼氏とか、どうなの？　気になる人がいるって言ってなかったっけ？」

「どうにもならないよ。不倫したくないし、恋愛とか、傷ついて疲れるだけだし。

前の職場にも気になる人はいたけど、何年か経ったら名前すら思い出せない」

「そんなもんかぁ」

未婚、彼氏なし、非正規雇用。……世間から見たら負け組だよね」

「世間って誰よ。名乗らずに攻撃してくる人なんて無視していいんだよ」

「人生設計もせずに、若いときに遊んでたツケだとか、野垂れ死にしろとか、極論ほど耳に入ってくるんだよね。長い夢を見ちゃっただけなんだけどね」

「わたしも千尋の夢に乗っからせてもらって、一緒に夢見てるよ」

「ありがとう。……あ、いけない、忘れてた」

小花柄の包装紙にくるまれた箱を渡すと、テーブルの端に寄せ、中身を取り出す。

「なに、なに？　嬉しい。……あ、豆皿だ。かわいい。さすが千尋、センスいい。あ、こっちはサンキャッチャー？　綺麗……ありがとう。台所に飾る」

「数日遅れちゃったけど、お誕生日おめでとう。四十代にようこそ」

うん、とうなずいた後、綾美は顔をくもらせた。

「四十になったら、子どものこと言われなくなるかなぁと思ってたのに、向こうの親は、四十代で妊娠した芸能人のニュースを持ち出して、応援してるからね、って。あきらめてないんだよね。勘弁してほしいよ」

「そっか」

「わたし、死んだ後は自由になりたいと思ってるんだ。夫の墓には入らない。それでね、いい機会だから言っとく。墓銘に彫ってほしい言葉があるの」

「ボメイ？」

「お墓に刻む文字。聞いて。『友に恵まれた』」

友。

千尋は人差し指で自分を指した。綾美がうなずく。じんわり嬉しい。

綾美と親しくなったのは、大学に入って最初の夏だった。親の離婚を経験したという共通点が判明したのがきっかけで、原因となった不貞や、その後の両親の不仲、家庭解体に至るまで、お互いぽつりぽつりと打ち明け、それから自然と隣にいるようになった。

不満があっても離婚はしない、という綾美の覚悟が、千尋には苦しい。

「どんなフォントがいいかなぁって選ぶのが最近の楽しみ」

「お墓に刻んだら、少なくとも数十年は残るよね。わたしも真似していい？」

「もっと格好いいこと書いてほしいなぁ。『夢に生きた』とか」

「このまま夢を見続けるだけの人生かもしれない。講習代に、自宅録音用の機材に、いくらつぎ込んだんだろう、って考えちゃうけどね」

「将来への投資だよ。無駄になんてならないよ。わたし、千尋が和製スーザン・ボイルとして、伝説を作るの楽しみにしてるんだから。あ、わかってるよ、声優と歌手は違うって。でもほら、イベントとかあるでしょ？　ペンライト持って最前列で応援するんだ。まだ終わってないよ……って、こういう言い方が負担になってたらごめんね。自分が義母に言われると、もやもやするのにね」

「二十年前はさ、四十歳の自分なんて想像できなかった。でも過ぎちゃうと、二十年はあっという間だね。もし時間を巻き戻せたら、もっと努力するし、うまくやろうと思うけど」

「千尋はどの時点でも、一生懸命で格好よかったよ。千尋の生き方は、千尋にしかできないよ」

綾美が千尋にくれる言葉はいつだって温かい。

コーヒーカップが空になるまで、たわいない話をして、そろそろ行こうかと立ち上がった。

ふと振り返ると、カートを引いた別の客が会計を済ませるまで待つ。

赤ん坊はベビーカーから抱き上げられ、哺乳瓶でミルクを飲んでいるところだった。満足そうだ。

「あー、大人がご飯食べるの見て、お腹空いたんだね」

返事はなかった。

見れば、綾美は静かに泣いていた。涙が頰から顎を伝い、筋を描く。

「ど、どうした？」

「……わかんない。赤ちゃんのかわいさにやられちゃったのかなあ。育てるのって、かわいいだけじゃないってわかってるつもりだけどね……。わたしは一生、あんな風にミルクあげることないのかなぁって思ったら、なんか……涙が出てきちゃった」

願っても、願っても、かなわない願いがある。どうにもならないことがある。神様のお導きよ、と女史は言っていた。違う。こんなにも望んでいるものを与えてくれないなら、神様はいない。

「いかがなさいました？」

気遣う店員に、「大丈夫です」と千尋が答え、綾美も顔を上げた。

子どもがいてもいなくても、綾美の価値に変わりはないよ。そう言おうか迷って、やめた。きっと綾美が欲しい言葉とは違うだろう。

順に支払いを済ませ、店を出た。そういえば職場の愚痴を聞いてもらおうと思っていたのに、すっかり忘れていた。まぁ、いいや。忘れる程度のこと。

人混みは苦手だ。年齢も服装も様々な人々が行き交うのを見ると、期待とむなしさ、二つの感情が暴れて胸が壊れそうになる。

こんなに大勢の人がいるんだから、この中の誰かが見つけてくれる。

こんなに大勢の人がいても、誰も振り向いてくれない。

ここにいる。ここにいるのに——本当にわたしはここにいるの？

新幹線の改札口の前で立ち止まった千尋の手を、綾美がきゅっと握った。

「今日も楽しかった。ありがとう。ありがとう」

こちらこそ、ありがとう。同じ時代に生まれて巡り会って、あなたがいてくれることが、本当にありがたいと思っているんだよ。

持てる力と、身につけたスキルを全部使って、千尋はやわらかな声を作る。

「来月も来るなら声かけて。あと、お店のリクエストあったら教えて」

「うん、いつも突然呼び出す形になっちゃってごめんね」

「なんのなんの、ご心配なく。東京駅はわたしの庭ですから」

日々の荷物は徐々に重くなるけれど、一緒に担える友達がいるから歩いていける。次の一ヶ月もがんばれる。

そして二十年後、さらに二十年後、最後の日まで笑えたら。

その先に、記憶の花園に似た場所が広がっているかもしれない。

薫風のいたずら

矢凪

東京(とうきょう)駅は日本で一番プラットホームの数が多いという。その構内は大人でも迷ってしまうことがあるほど広く、まるでロールプレイングゲームに出てくる迷宮(ダンジョン)のようだ。鷹水侑菜(たかみゆな)も幼い頃、母親と出かけた際に、乗り換えのために降りた東京駅で迷子になったことがある。海外から来たのだろうツアー客の波に流されて母親とはぐれてしまい、一人で歩き回るうちに人通りの少ない通路に迷い込んでしまったのだ。

その時は通りすがりの男性駅員が侑菜に気付き、泣いているのを宥(なだ)めようと抱っこして事務所まで連れて行ってくれた。構内放送を聞いて母親が駆けつけてくるまでの間「大丈夫だよ」と優しく声をかけ続けて相手をしてくれたその駅員に、侑菜はすっかり懐いてしまい、別れ際も涙を流したという。

父親がいなかった侑菜は、幼心に「この人がパパだったらいいのに……」と思い、母親にそう告げたが、とても困った顔をされたのを憶えている――。

「こちらのウェディングフォト&ステイパッケージですが、当ホテルと提携しているドレスショップ各店でご使用いただけるご衣装チケットと、新郎新婦様の美容着付代、写真は時間内でしたら撮影枚数無制限で、百カット分のデータのお渡し、そして当ホテルのメインダイニングでのフレンチディナーと、朝食ブッフェ二名様分が含まれております」

二月下旬の日曜日。鷹水侑菜と御上隼(みかみしゅん)は、東京駅丸(まる)の内(うち)南口直結のホテルで開催されている相談会にやってきていた。結婚式を挙げるプランではないが、フォトスポットとしても使用できるという式場や館内を案内してもらった侑菜は、ヨーロピアンテイストの優雅な雰囲気にうっとりしていた。国の重要文化財に指定されている丸の内駅舎内にある高級ホテルという特別な空間に、隼もまた興奮気味だ。

ホテルオリジナルのギフトや、アルバムのサンプルなど様々なアイテム紹介まで聞き終わった後はいよいよ具体的な相談に入る。写真撮影は侑菜の誕生月である五月を希望していたが、気候的に人気が高い時期らしく、すでに土日の予約はいっぱいだった。そこで、まだ空きがあったゴールデンウィーク明けの平日に決めると、次は撮影場所についての打ち合わせだ。

そこで二人は担当ウェディングプランナーの男性、滝澤(たきざわ)に促され、そもそもこのプランに興味を持ったきっかけなどを話し始めた。

「僕たちが出会ったのは、大学の時の鉄道サークルだったんです。僕は鉄オタの中でもいわゆる『乗り鉄』っていう電車に乗るのが好きなタイプで……」

「私は車体の写真を撮るのが好きな『撮り鉄』なんですけど」

「二人とも特にE5系っていうシリーズの新幹線が好きで話が盛り上がって、大学二年の時に彼女から告白される形で交際を始めたんです」

そこで不意に『告白』というフレーズに侑菜がはにかんだような笑みを浮かべて頬を赤く染めたので、隼も急に照れくさくなり目を泳がせた。

滝澤が機転を利かせ、恥ずかしがる二人に温かい眼差しを向けると、

「そういえば、御上様は下のお名前が『隼(はやぶさ)』とも読めますね」

と、プランの申込書に書かれた名前の部分を指さす。

「ええ。ただ、東北(とうほく)新幹線のはやぶさが運行開始されたのは僕が高校に入った

二〇一一年ですし、名前の由来になったのは新幹線の名称ではなくて、両親がバードウォッチングが趣味だった関係で鳥の方のハヤブサなんです」

「なるほど。ところで、お二人は鉄道がお好きとのことですが、新幹線の車体を背景にした撮影希望はございますか？」

その問いに、二人は顔を見合わせると苦笑いしてから首を横に振った。

「E5系を背景に撮影できて写真映えしそうな場所ってなかなかなくて……。入場券を購入して駅のホームで撮影するっていうのもできなくはないのかもしれないですが、他の利用者のご迷惑になることは避けたいんです」

「隼は鉄道会社の職員でもありますしね。もちろん鉄オタとしても、マナーはきっちり守っておきたくて……」

侑菜の言葉に隼は深く頷くと、パンフレットのウェディングフォトサンプルが掲載されているページを開く。

「とはいえ、丸の内南口ドーム内での撮影はしたいなと思ってるんです。侑菜との待ち合わせでも頻繁に使っていたお気に入りの場所でもありますし」

「そちらは当館をご利用の方限定の人気撮影スポットとなっておりますよ」

「やっぱりそうなんですね！　あと赤(あか)レンガの駅舎も背景にして撮りたくて」

「丸の内中央口の駅前広場は、撮影される五月頃ですと芝生やケヤキの植栽の新緑が美しい頃なので大変お勧めです」

そうして二人が撮影場所の希望を次々と挙げていくと、その意見を元に滝澤がスケジュールを組み上げていった。

「当日についてですが、基本的には新郎新婦様のみでいらしていただいております。撮影の立ち会いをご希望されるご家族の方が稀(まれ)にいらっしゃるのですが、ご遠慮いただいておりまして……」

「あ、それは全然大丈夫です。私の母は盛大に結婚式を挙げたのに、早々に離婚してしまって気まずかったらしくて、私が写真だけにすることを話したら、『ううん、それで充分よ。後から見せてね～』って笑ってたんで」

少し低い声のトーンで母親の真似をしながら答えた侑菜の隣で、隼が「今の言い方、すごく美夜子(みやこ)さんに似てる！」と吹き出す。

「承知致しました。ちなみに、オプションサービスとなってしまうのですが、当日撮影したデータの中から数枚選んでいただいてのアルバム作成や、ご家族や親類の方への配送なども承っておりますが、いかがでしょうか？」

「そういえば侑菜、お父さんにも撮った写真、送ってあげるの？」

「それが実は私、父が今どこに住んでるのか知らなくて……。そもそも、父が生きてるって知ったの自体、高校の時だったんだけどね」

侑菜は修学旅行で韓国へ行くためにパスポートを作ることになり、取得した戸籍謄本を見て『物心つく前に亡くなった』と聞かされていた父親が、ただ単に離婚していただけだったことを知った。

その後、事情を話したがらない母親からなんとか聞き出せたのは、鉄道会社に勤めている人だったということくらいで、現在どこに住んでいるのか、健在なのかどうかすら教えてもらえなかった。写真一枚見たことがない。

「鉄道会社の方ってことはさ、意外と僕と同じ職場にいたりするかもしれないよな……」

「まあ、世間は狭いって言うもんね。と、話はずれましたけどアルバムはなしで大丈夫です。それよりも、このプランに含まれてるっていう衣装チケットについてなんですけど……」

隼の言葉をサラッと流した侑菜は、気になっていたプランについての質問をいくつか済ませる。そうして一時間程で打ち合わせを終えると、二人は仲睦まじく手を繋ぎ、満足げに帰っていったのだった。

三月上旬のある日、東京駅構内の事務所にて——。

「結局、御上は結婚式は挙げないんだ？　あ、でも東京駅周辺で写真撮るなら見に行っちゃおうかな。彼女、めっちゃ美人だって前に自慢してたじゃん」

「えー、恥ずかしいですよー。まあ、彼女が可愛いのはホントですけど」

「うわ、堂々とのろけてやがる！　この、このっ、幸せボケして今度の試験、落ちないように頑張れよ～」

「それはもうバッチリですって！」

若手社員たちがそんな話で盛り上がっているのが聞こえてきて、あと数年で定年を迎える和城景人は、ふと自分が二十代だった頃のことを思い出した。

和城が結婚したのも、今の御上とちょうど同じ二十七歳の頃だ。

友人の紹介で知り合った妻とは二年の交際を経てゴールイン。互いに長男と長女だったため、両親の希望もあり結婚式は都内のホテルで盛大に行った。

鉄道会社勤務の和城は日勤と夜勤があるため、不規則な生活を送っており、妻の方も大手食品会社の本社に異動したばかりで忙しかったが、仕事は順調。プライベートも、休暇を合わせて取得して電車で遠出デートしたり、食べ歩いたりするのを楽しんでいた。

しかし、結婚して一年が過ぎ、妻が妊娠すると二人の生活は一変した。

妊娠初期からツワリが酷くて仕事にならなかった妻は、早い段階で休職することになったが、その頃の和城はかねてから希望していた運転士になるための国家試験の勉強や研修などで急激に忙しさを増し、妊娠中の妻を労ってあげることができなかった。

なんとか無事に女の子が誕生すると、仕事が好きな妻はすぐに娘を保育園に預けて職場復帰した。その頃はその頃で、運転士になりたてで余裕がなかった和城は、家事と育児のほとんどを妻に任せきりにしていた。

休みの日に家族みんなで出かける気力は残っておらず、自分の疲れを癒すばかりになった和城だったが、妻から文句を言われたりケンカになることはなく——娘が二歳を過ぎたある日突然、妻は離婚届一枚を玄関の棚に置き、幼い娘を連れて家を出て行った。そこで初めて、妻が不満を溜めていたことに気づいたが、時すでに遅し。

帰宅した時に食事が用意されているのがどんなに有り難いことだったのか。汚れ物を洗濯カゴに入れておけば、翌日には綺麗になってタンスに戻っていて、シャツにはきちんとアイロンまでかけられている。イタズラざかりの子どもがいて荒れていてもおかしくないはずの部屋も、気づけばいつも綺麗に整頓されている。小さな子どもの世話を一人でしながら家事をこなす大変さはいかほどだったか。娘の保育園の送迎も、時短勤務制度を利用している妻の方が時間的に融通が利いたこともあり、すべて任せっきりだった。

和城は家庭では何の苦労もせず、たまの休みの日にただ無邪気に笑いかけてくる娘を可愛がっては、成長が楽しみだなどと父親らしく振る舞っては自己満足にひたっていただけ。それが自己中心的過ぎるにも程があったと気づいたのは、弁護士を通して送られてきた妻の想いをしたためた手紙を読んだ時だった。

仕事以外何もしない夫を見限ったのはもっともで、妻の言い分に和城には返す言葉ひとつなかった。猛省してやり直したいと申し出てみたものの、あっさりと断られ、娘の養育費に関する相談を済ませると離婚手続きは完了した。

以後二十年以上、和城は独り寂しい人生を送ってきた。もちろん自業自得だ。

しかし、これから結婚する若者たちには自分のような愚かな過ちは犯すなよ、と声を大にして言いたかった。が、そんなことを笑ってぶっちゃけられるような柄でもないので黙っていると……。

「そういえば、和城さんとこは御上と同じくらいの年頃の娘さんがいるんじゃなかったでしたっけ？」

年が近い同僚に話を振られ、和城は苦い笑みを浮かべながら頷く。

「ええまあ……」

「やっぱり、娘さんが結婚するってなったら『大事な娘はお前にはやらん！』とか思うものなんですかね？　我が家は子どもが三人とも息子なんで、サッサと彼女でも見つけて出ていけ、くらいにしか思えなくて」

「どうなんでしょう。うちは長く離れて暮らしているので何とも。娘が幸せになってくれればそれで良い、とは思いますけど」

「まあ、御上みたいな真面目で器量の良い奴が相手なら、親としては文句なしですかね。いやはや何にしろ、幸せそうで微笑ましい」

「ええ本当に、おめでたいですね」

娘と小さい頃から一緒に笑ったり泣いたり怒ったり、そうして同じ時を共有して成長を見守り育ててきたなら、どこの馬の骨とも知らぬ男に奪われてなるものか、と悔しい気持ちになるのかもしれない。

和城は離婚を受け入れると決めた時、ひとつだけ妻に条件を提示した。それは、成長していく娘の写真を時々でいいから送って見せて欲しいということ。

その約束を妻は律儀に守ってくれて、七五三や学校行事などの様子を収めた写真を定期的に送ってくれた。しかし、成人式の写真を最後に、送られてくることはなくなった。大人になったのだからもう不要ということなのだろうが、今どこでどんな風に生きているのか知る術を失ってしまい、急に楽しみがなくなってしまった。

結婚した時くらいは写真を送ってくれるだろうか。そんな淡い期待を抱いてはいたが、おそらく来ないのだろうなと諦めてもいたのだった。


ゴールデンウィークの忙しさから解放された五月のある日のこと。

昼ご飯を食べに行こうとした時、休憩から戻ってきた女性職員がはしゃいだ様子で同僚に話している声が聞こえた。

「御上さんが駅舎の前でウェディングフォトの撮影してたから見てきちゃったんですけど、すっごく素敵でしたよ！」

「あ、それちょっと気になってたんですよね〜。どんな感じでした？」

「あれは一見の価値ありですよ！　御上さんの彼女、お世辞抜きで本当に綺麗な人だったからビックリしちゃいました！　モデルさんかなって思っちゃうくらい細くて背も高くて。御上さんもイケメンの部類だから映える映える！」

「へぇ、それはますます気になる〜！　私も後で見てこようかな〜」

ちょうど休憩に行こうとしたタイミングでそんなやり取りを聞いた和城は、そういえば前にそんな話を聞いたな、と思い出し、興味本位でふらりと丸の内中央口方面へ足を向ける。

外へ出ると、雲ひとつない青空が広がっていたので、絶好の写真撮影日和で良かったなと御上の喜んでいる顔を想像しながら頬を緩めた。

普段からよく見かけるおなじみの光景ではあるが、駅前広場にはレンガ造りの駅舎を背景に記念撮影をしている観光客が多くいる。今日は御上たちのウェディング撮影が目を引くからか、人だかりができていた。

晴れ姿を一目見てやろうと近づいていくと、白いタキシードに身を包んだ御上が緊張した面持ちでカメラマンの指示に従っているのが見えた。

一方、新郎の隣では御上が可愛いと自慢していた新婦がリラックスした様子で楽しそうにしている――その笑顔を見た瞬間、和城はドキッとした。

どことなく、結婚当初の元妻に面立ちが似ているような気がしたからだ。

もちろん、他人の空似というやつだろうが、数十年前の結婚式の日を思い出して、懐かしさと切なさが和城の胸の奥に広がる。戻れるなら結婚したばかりの時に戻って、何もかもやり直したい――そんな感傷にひたっていたその時、初夏の爽やかな風がひゅうと吹き抜けたかと思うと、新婦がつけていた純白のヴェールがひらりと宙を舞い、和城の足元に落ちてきた。汚れてはいけないとサッと拾い上げると、慌てた様子の新婦が駆け寄ってくる。

「拾ってくださりありがとうございます！」

新婦のその声に和城は再び息を呑む。記憶に残っている元妻の声に似ている。

まさか目の前にいるのは、自分の娘なのでは――？

和城はとっさに浮かんだ妄想じみた考えを打ち消すと、すぐに気を取り直し、ヴェールを新婦に向かって差し出した。

「ご結婚、おめでとうございます。どうぞ末永くお幸せに……」

自然と口をついて出た祝福の言葉に和城は自分でも驚いた。当然、新婦の方も見知らぬ男性に言祝がれ、一瞬きょとんと目を丸くする。しかし、穏やかで優しい性格なのだろう。すぐに幸せそうな笑みを返してくれた。

「ありがとうございます！」

そう言って踵を返した新婦を、御上が遠くから心配そうに呼び寄せる。

「侑菜、大丈夫だった～？」

その名前を聞いた瞬間、新婦に背を向け歩き出していた和城はハッとして足を止めた。忘れるはずがない、夫婦で懸命に考えた愛娘の名前。やはり、元妻に似ていると思ったのは気のせいではなかったのだ。

しかし、振り返りたい想いをぐっと堪え、和城は東京駅へ向かって歩き出す。目尻にうっすらと涙を滲ませながら。我が子との再会という贈り物をくれたいたずらな薫風に、そして娘を立派に育ててくれた妻に感謝しながら――。

春告げ相撲

遠原嘉乃

「日本、便利すぎるでしょう……」

届いたばかりのテレビを前に、私は大きなため息を吐いた。何日もかかるだろうと踏んで、早めに注文しておいたのだ。でも、まさか翌日に届くなんて。イギリスからの荷物はまだ解き終わっていない。そのせいで、部屋中段ボールだらけだった。

片付けたごほうびに見ようと思っていたけど、テレビを前にすると、気持ちが抑えがたかった。なにしろ七年ぶりの日本のテレビなのだ。ちょっとくらいいいよね、という気持ちに負けて、私は設置を始めた。

ネットと睨（にら）めっこしながら、約三時間。ようやく私はテレビの接続を終えた。

「やっと映ったあ！」

うれしくて、パチパチとチャンネルを替える。ひさしぶりに見たテレビは、知らない番組や芸能人であふれていた。それだけじゃなく耳慣れない単語も多く、私はひどく動揺した。

「まるで浦島太郎にでもなった気分だわ……」

これから日本でやっていけるのかな、と不安になる。

でも、すぐに「イギリスに行ったときよりはマシか」と考え直す。バレエがしたいって気持ちだけで、中学を卒業してすぐ日本を飛び出したのだ。英語もろくに話せないのに、よくやったなと今なら思う。

たぶん本当に不安なのは、自分の実力がプロとしてどこまで通用するか。今までずっと舞台の端で踊っていた。真ん中で踊ることを許されず、ただ賑やかすだけのその他大勢だった。

だけど今年の春から、私はソリストとして東京のバレエ団で踊る。まだ主役を張れないけれど、ソロとして見せ場がある。

バレエは実力主義の世界だ。うまくなければ、舞台で踊らせてもらえない。

膝を抱えながら、ぼうっとテレビを眺めていた。しばらくすると、スポーツニュースが始まった。

「大阪春場所三日目の結果をお伝えします」

アナウンサーの声とともに映像が切り替わると、土俵が映った。四股を踏む力士の姿に、私は釘付けになる。

「……森本だ！」

中学のころと比べて、ずいぶんと背が伸び、肥えていた。眼差しも鋭くなり、精悍な顔つきになっている。でも、ひと目見ただけでわかった。

「粘り強さに定評のある岩燕。今日も魅せてくれました」

森本はどうやら「岩燕」という四股名らしい。今場所は好調らしく、土がついてないそうだ。

気づけば、私は翌日のチケットと新幹線の切符を買っていた。


私と森本は、クラスのはみ出し者だった。

ほとんどの生徒が高校進学を選ぶなか、違う進路を選んだからだ。

卒業後、私はバレエをするためにイギリスへ、森本は相撲部屋に弟子入りする予定だった。

私たちは、よく嫌味を言われた。「受験しなくていいやつは楽でいいよなあ」

とか「中卒で、将来は平気なの？」とか。

本音を言えば、怖くて仕方がなかった。

バレエで生きていけるひとなんて、ひと握りだ。上には上がいる。

学校では長いと褒められる手足も、海の向こうでは短いと言われてしまう。

幼いころから本場で学んだひとには、踊る技術も教養の素地も劣る。

でも、私は踊らない自分なんて想像できなかった。踊らない自分は、自分じゃないとさえ思った。

だから他の同級生と同じように、高校や大学に行って就職するのは不自然に感じられた。

群れから逃げ出すように、私はよく屋上に足を運んだ。森本も同じだったのか、しょっちゅう顔を合わせた。

おたがい何かを話すわけではなかった。私はいつでもひとりで踊っていたし、森本はその様子をじぃっと眺めていたからだ。

あれは確かイギリスへ出発する数日前のことだったと思う。その日はとても寒く、今にも雪が降りそうな天気だった。

学校最後の日だったから、同級生たちと別れを惜しみたかった。けれど受験でピリピリする教室には、そんな余裕はなかった。私は凍えるのを覚悟で、屋上へ逃げ込んだ。

暖をとるように踊っていると、森本も教室から上がってきた。いつものように眺めているかと思ったら、森本は珍しく口を開いた。

「踊るのって、楽しい？」

「じゃなかったら、こんなに踊ってないよ」

そう言う私に、「だよなあ……」と森本は鼻を掻く。

「いいよなあ。バレエ留学のために、親が金を出してくれるんだろ」

その言い方に、むっとした。でも事実だ。両親がお金を工面してくれたから、私は海外で学べる。

「俺の家は貧乏だから、高校にもいけないんだぜ」

「え？　でも相撲部屋に弟子入りするって……」

恵まれた体格に、抜群の運動センスを見込んで、スカウトされたんじゃ……。

「中卒のやつがまともに働ける場所なんて限られてるだろ。食っていくには、俺には相撲しか道がないんだよ。さっぱりわからないのにさ」

そのときまで、私は森本が同志だと思い込んでいた。夢を追うために、他のひとと違う進路を取るとばかり思い込んでいたのだ。

「……で、なにが言いたいわけ？」

私は無性に腹が立って、語尾を荒らげた。

「たしかに私は親の脛をかじってるわよ！　でもバレリーナごっこをするつもりはないわ！」

森本に激しく食ってかかる。突然怒り出した私に「俺はそういうつもりじゃ……」と森本は戸惑いを見せた。

その様子に、私の激情はますます膨れあがる。抑えられなくなったものが、口から火炎のように噴き出した。

「私はバレエで生きていくの！　だから、あんたみたいな中途半端なやつより、よっぽど食っていくことに真剣よ！　バカにしないで！」

新大阪駅に着いたのは、お昼を過ぎたころだった。在来線に乗り換えて、会場のある難波へ向かう。

道すがら、何人もの力士を見かけた。みな浴衣の裾を翻しながら、風を切って歩いている。

「あら、春が来たんやねぇ」

地元のひとは力士の姿を目にするや、春の訪れを口にした。どうやら大阪の街中で力士を見かけるのは、春場所が行われる季節くらいらしい。

彼らの背を追いかけるように歩くと、会場である大阪府立体育館には迷わず辿り着けた。

会場前には、色鮮やかな幟が風にたなびく。部屋の名前や力士の名前が書かれた幟は、たがいに威嚇しあうようにはためいていた。

「森本の旗もあるんだなあ……」

青地に赤字で「岩燕関」と染め抜かれていた。

しばらくぼんやりと見上げていると、係員の誘導が始まった。促されるまま入場し、席に着く。

スケジュールを確認すると、森本の出番は後ろのほうらしい。横綱も戦う幕内という階級で戦っているみたいだ。

どうやら下の階級から相撲を取っていくらしい。

「はっけよい、のこった！」

行司が軍配を返すやいなや、両者は激しくぶつかり、土俵際でせめぎ合う。一歩譲れば負けにつながる。踏ん張って踏ん張って、相手を押し出す。

初めて生で観た迫力に圧倒される。

「お嬢ちゃん、もしかして相撲は初めてなん？　目をまんまるくして見とったやん」

隣の席に座っていた初老の男性が、声をかけてきた。

「ええ、実はそうなんですよ。中学の同級生が相撲取りになったって聞いて、観にきたんです」

「え、誰なん？　めっちゃ気になるわ」

「森本……あ、岩燕ってひとなんですけど……」

名前を出すやいなや、男性は満面の笑みを浮かべる。

「ほんまか！　俺、あいつの大ファンやねん！」

男性の熱意に、思わずたじろぐ。

「岩燕は若いのに、粘り強くてな！　いつも泥臭い相撲を取るねん！　負けてたまるかって土俵際で踏ん張れる根性があるんや、あいつはいつかきっと横綱になるで！」

まくし立てるように話す男性に、私は相槌を打つしかなかった。

「あんた、いい加減にしぃ！　よそのお嬢さんに迷惑かけて」

お茶を買ってきた奥さんらしき女性が、男性を叱りつける。

「ごめんな。ついうれしくなってもうて……」

男性は、ぼりぼりと薄い頭を掻く。

「森本……いえ、岩燕がどんな相撲取りか知れてよかったです」

七年もあれば、ひとは変わる。バレリーナを夢見た少女が、舞台でソリストとして踊れるようになったように。

森本も必死に戦って、幕内力士の座を手に入れたのだろう。

ひどいやつ当たりをしたなと、あらためて思った。

あのころの私は、本当はクラスからはみ出すのが怖かったのだ。だから、森本を同じはみ出し者として道連れにしようとした。森本のことをなにも知らないのに、知ろうともしないのに、同じように夢を追っていると盲信していた。

「お嬢さん、そろそろ岩燕が出てくるで」

「あ、ありがとうございます」

森本は高々と塩を撒き、土俵に入る。構えを取り、真剣な眼差しで相手を捉える。

「はっけよい、のこった！　のこった！　のこった！」

行司の掛け声とともに、激しくぶつかり合う。

おたがい、相手の隙を見て、我先にまわしに手を伸ばそうとしのぎを削る。飛び散る汗。切れる息、崩れる髷。

相手に何度土俵際まで追い詰められても踏ん張って、好機を待つ。

長い取組だったように思う。

でも森本は、最後まで諦めなかった。相手が集中力を切らした隙を狙い、まわしに手をかける。そして、ぐぃっと力任せに、放り投げた。

「よっしゃあ、上手投げや！」


外に出ると、すっかり日が暮れていた。駅のほうへ歩いていると、「待って！」と私を呼び止める声がする。

振り返ると、そこには息を切らした森本が立っていた。慌てて羽織ったのか、浴衣がはだけている。

「まさか観にきてくれるなんて思ってもみなかったよ」

「え、気づいてたの？」

驚く私に、「当たり前だよ」と森本は笑う。

「ひとりだけ異常に姿勢がよかったから。すごく目立っていたよ」

そんなことでバレるのね、と私は苦笑した。

「それもあるけど、ブログをずっと見てたんだ」

バレリーナを目指すひとに向けて、留学中からブログで情報発信をしていたのだ。

「お前のがんばってる姿に、いつも励まされていたよ」

明るく笑う森本に、申し訳なさがこみ上げる。

「屋上でひどいことを言ったのに、なんで……」

「俺が最初にやつ当たりしたんだ。謝るのは俺のほうだ」

森本は深々と頭を下げる。そのとき、つややかな髷も揺れた。

「お前に気づかされたんだよ。他のひとと違う生き方になっても拗ねるなって。俺は俺の生き方をするしかない。自分で選んだ道なら、なおさらだ」

「……それでも謝らせて。私、森本のことをよく知ろうともしないくせに、ひどいことを言った」

「お前が叱ってくれなかったら、中途半端なやつのままだったよ」

「……ひとが良すぎる」

「なあ、今でも踊るのは好きか？」

訊ねてくる森本に、「なにを当たり前のことを」と目を瞬かせる。

「俺も相撲が好きだ。この生き方を選んでよかったよ」

その他大勢の中から抜け出して生きるのは厳しい。でも、その厳しさの先にしか見えない景色もある。

「日本での公演、見に行くよ」

「なら、今度チケットを送るね」

私は森本と約束をする。

ふと歩道に影がふたつ、長く伸びているのに気づく。

ひとつは、細くしなやかなバレリーナの影。もうひとつは、太くてたくましい力士の影。不揃いな影の並びに、私はくすっと笑った。

わたしたちは嘘つき

杉背よい

「久しぶり。最後に会ってから、もう八年になるかな」

美月からの手紙は、そんなふうに何気なく始まっていた。紅羽はポストの中に美月からの手紙を見つけ、驚きのあまりそれを取り落としそうになった。

芳田美月は高塚紅羽が高校時代に所属していた演劇部の先輩だった。美月から連絡をもらったのは卒業以来、初めてだった。紅羽は少し複雑な気持ちで手紙の続きを読む。

「よかったら、私と紅羽と舞香で集まらない？　話したいことがいっぱいあるんだ」

「舞香」という文字を見て、紅羽は反射的に胸が痛んだ。舞香も美月と同様に卒業してから音信不通状態の友人だ。だが舞香という存在は、美月に対してとは事情が違った。

能瀬舞香は紅羽と同級生で、同じ演劇部に所属していた。同学年で演劇部に入部したのは紅羽と舞香の二人きりだったこともあり、すぐに意気投合した。当時の舞香は女優を志していて、演技をすることに熱心だった。それに対して紅羽は舞台が大好きだったが裏方を希望していた。紅羽は脚本家になりたくて、大道具の準備や衣装など、舞台を支えるポジションを希望していた。紅羽も舞香も入部してきた理由は同じだった。

「あのね、私……美月先輩に憧れて入部したの！」

「あたしも！　美月先輩の新入生歓迎の公演見てファンになった！」

「同じだね」と二人は盛り上がった。美月はすらりと背が高く中性的な雰囲気で、男性の役も難なくこなすことができた。演劇部の部員は少なかったが、公演はいつも満員で、彼女目当てのファンも少なくはなかった。

紅羽は美月を主役にした物語を妄想することに夢中になり、舞香は美月のように舞台で輝くことを夢見ていた。この頃の演劇部は、美月と同学年の部員の数が多かったため、公演の演者にも裏方にも困らなかった。

「あっ、あたし、初めての役もらっちゃった！」

舞香が抱き着いてきたことを思い出し、紅羽は目を細めた。

「見て見て、台本。台詞は少ないけど、結構大事な役だと思うんだぁ」

興奮気味に話す舞香に、紅羽も自分のことのように嬉しい気持ちになった。舞香は中学時代から演劇部で舞台に立ち続けてきた実力派で、演技は危なげなかった。一方紅羽は中学の頃は文芸部で小説を書いていた。だが演劇に興味を持ってから、自分の脚本を書いてみたい思いで演劇部に乗り換えた。立場の違う舞香を、紅羽は心から応援していた。

――あの頃はよかったんだ。まだ。

美月たち三年生が卒業してしまうと、一時的に演劇部員は二人だけになってしまった。二人だけで新入生歓迎公演を行うため、紅羽と舞香は協力して一人芝居を敢行した。舞香は超絶長台詞をこなさなければならないし、紅羽は脚本と裏方で大わらわだった。だが、二人の予想を裏切ってこの公演が絶賛された。

――ここまでも、まぁよかったんだ。

この新入生歓迎公演を受けて、予想を上回る入部希望者が集まった。「これでいろいろな作品ができる」と喜んでいた紅羽と舞香だったが、新入生の中で派閥が生まれ、それに紅羽たちも巻き込まれることとなった。部長は舞香が引き継いでいたが、紅羽と意見が分かれることもあり、決定的に決裂したのは文化祭の演目を決める会議だった。舞香の取り巻きの新入生たちに半ば押し切られるように決まった演目。紅羽が意見を述べても聞き入れてもらえなかった。裏方担当の自分に出る幕はないと紅羽は退部届を出した。

「もう好きにしたら？」

部室を出た紅羽に、舞香は言葉をかけず、そのまま交流が途絶えた。

――どうしよう。私が退部したこと、美月先輩は知らないんだよね。

ウロウロと紅羽は部屋の中を歩き回った。今考えてみれば、あの時は自分も意固地になっていた。卒業してから連絡してみようかなと思ったことも何度もあった。だが受験、就職、仕事に追われる毎日の中で紅羽は舞香から逃げ続けてしまっていたのだった。

「舞香とは実は音信不通で、私は部活途中で辞めちゃったんですよねー、とは……言いにくいな」

紅羽は美月から手紙をもらって嬉しかった。久しぶりに会いたい、話したいことがあると言われて心が温かくなった。紅羽は迷った後に、手紙に添えられたメールアドレスに手紙のお礼を返信した。「私は会いたいです」と書いてみた。後は舞香がどう出るかだ。紅羽は賭けに出た。

　翌日、美月から返信があった。ドキドキしながら紅羽は文面を読む。

「お返事ありがとう！　舞香も会いたいって」

「マジか」と思わず紅羽はつぶやいた。断られる可能性が高いと思っていた。

「早速だけど、予定と待ち合わせ場所を決めよう！」

　ハイテンションな美月からの文面を読むうちに、紅羽の心は決まってきた。もう行くしかない。行って気まずい別れ方をしてしまったことを謝ろう。

　美月からの次のメールで日程と待ち合わせ場所が決まった。日にちは一ヶ月後の土曜日。場所は「ＪＲ東京駅の北口改札前でね」と書かれていた。

　紅羽が横浜、舞香が名古屋、美月が浜松に住んでいることから出やすい場所を割り出してくれたのだ。

「会えるのを本当に楽しみにしています！」

浮き立った声が聞こえてくるような一文でメールは締めくくられていた。

紅羽は緊張した。だが、こんなに先輩が楽しみにしているんだから、私と舞香が不仲だったことは黙っていよう。いや、むしろ交流は続いていたぐらいの仲良しさを演じて見せようと決心した。もし舞香がそれを拒んでも説得するつもりでいた。嘘をつくことになるが、先輩がこの会をセッティングしてくれた気持ちを考えれば、そうしたほうがいい――紅羽は腹をくくった。

そしてあっという間に当日が来た。紅羽は新しく買ったシフォンのプリーツスカートに春らしい淡いニットを合わせた。美容室にも行き、ゆるいパーマも綺麗に整えてもらった。我ながら気合が入っている、と紅羽は小さく笑う。

横浜から東京まで東海道線に乗り、考えている間に駅に到着した。コツコツと履きなれないヒールのパンプスのかかとを鳴らして駅のコンコースを歩く。

「北口、っと……」

紅羽の目は釘付けになった。八年も経っているが、そこには紛れもない舞香の姿があった。白いプレーンなシャツワンピースにスキニーデニムを履き、銀色のシンプルなアクセサリーをつけ、長い黒髪を一つに束ねている。時を経ても印象はまるで変わらない。舞香は相変わらず目力が強く、きりっとしたまなざしをしていた。その変わらない様子に、紅羽は意外にもホッとした。

「久しぶり。元気そうだね」

紅羽が近付くと、舞香の方から声をかけてきた。紅羽は出鼻をくじかれ、モタモタと返事をした。

「う、うん。まあね」

続いてお互いの仕事の話をした。紅羽は土日が休みだ、と話す。

「あたしは医療系だから、前もって休み貰ったんだ」とサバサバした口調で舞香が言う。紅羽は拍子抜けしていた。

──なんだ、会って話すのって案外簡単だったのかも。

しかしそう思ったのも束の間、舞香はそれきり口を閉ざしてしまった。紅羽は何か当たり障りのない話を切り出そうとしながらも、会話の糸口が見つからなかった。軽い近況報告はしてしまったし、八年も経っているのにプライベートを詮索するのも気が引ける。舞香はじっと足元に視線を落としたままだ。

——どうしよう。このまま先輩を待つ流れはまずいでしょ。

「あのさ！」

紅羽が口を開くのと、舞香が言葉を発したのは同時だった。お互いに目を見開きぽかんと口を開けた後、「そちらからどうぞ」と譲り合う。だが、紅羽は勇気を出して「じゃ私から言うね」と声を発した。

「これまでのこと、本当にごめん……あの時は子供だったたっていうか。今思えばもっとうまいやり方があったと思う。今更だけど、ごめんね」

顔を上げると舞香が、紅羽の顔をまじまじと見た。驚きの色が浮かんでいる。

「それで、都合がいい話なんだけど、舞香と私が喧嘩してたって知ったら先輩、悲しむと思うんだよね。だから、騙すみたいで申し訳ないんだけど、ずっと仲が良かったたってことにしてくれないかな」

舞香は黙って、紅羽を見つめたままだ。紅羽は思い切って言葉を続けた。せっかくここに来たんだ。言わなければ後悔する、そう思った。

「舞香は嫌かもしれないけど、だったら申し訳ないんだけど、今日だけ協力して！　私のわがままに付き合ってくれたら……」

「いいよ」

「嬉しいな」と続けようとした言葉を遮り、舞香が言った。真っすぐに紅羽を見つめる目は澄んでいた。堂々としたその態度も、紅羽にはまぶしかった。

「あたしもずっとおんなじこと考えて後悔してた。こちらこそ、ごめん」

舞香が手を差し出した。紅羽は一瞬、戸惑ってからその手を取った。舞香の手は温かく、八年も抱えたままだったわだかまりが解けていくのを感じていた。

「だけど……八年もブランクあるから会話が矛盾しないかな」

「大丈夫だって。ほら、私たち女優じゃない！」

「紅羽は脚本家でしょ」

ニッと白い歯を見せて舞香が笑った。久しぶりに見る舞香の笑顔。そして「くれは」と名前を呼ばれたのも、学生以来だった。名前を呼ばれた瞬間に、ぐんと空間が歪んで時間が高校時代に引き戻されたような感覚になった。

「それにしても先輩、遅いよね」

舞香が腕時計を見た。待ち合わせの時間から既に十五分が経っていた。

「ほんとだね。遅れる時は連絡くれそうなのに……ねえ、待ち合わせ場所、ここでいいんだっけ」

急に不安になって紅羽はメールを見返した。メールには「北口改札」と書いてある。するとその時、美月からメールが届いた。

「遅れてごめんね。もうちょっとで着くから待ってて」

ペコペコと謝る絵文字が添えられている。紅羽が返信をしている間、舞香は何事か考え込んでいた。

「今、気付いちゃったんだけど北口改札って二つあるよね」

舞香はスマホの検索画面を見せる。画面には「八重洲(やえす)北口」と「丸(まる)の内(うち)北口」と書かれている。

「で、あたしたちがいるのが『八重洲北口』なわけ」

紅羽はスマホ画面を見つめ、あっと声を出した。

「ほんとだ！　私たち、よく会えたよね」

舞香は笑って、「以心伝心じゃない？」とつぶやく。

そのとき、再び紅羽のスマホが振動し、「着いたよー。ごめんね」というメールが届いた。

「先輩着いたって……でも、姿見えないよね」

紅羽と舞香はキョロキョロと改札付近を探す。しかしたくさん行き来する人の波の中に美月らしき女性は見当たらない。

「ここにいないってことは、先輩は丸の内北口のほうに行っちゃったとか！」

舞香が、首を大きく縦に振る。

「あり得る。行ってみようか」

頷いて「丸の内北口」に向けて歩き出しながら、紅羽はふと心が軽くなって、知らず知らずのうちに自分が笑顔を浮かべていることに気付いた。

――何だかすごく楽しい。

勇気を出して待ち合わせ場所に来て、正直に謝ることができた。そのおかげで、舞香ともう一度友達になれた。心を通わせることができた気がした。

——今日、来てよかったな。

隣を歩いている舞香を見ると、舞香も紅羽を見た。目が合うと、舞香は柔らかな微笑みを浮かべた。その笑顔の美しさに、紅羽は一瞬見惚れる。

「久しぶりに会えてよかった。ほんと言うと、今日来るかどうか迷ってた」

舞香が飾り気のない言い方でつぶやく。紅羽も同じ気持ちだと伝えようとしたところで——。

「ごめんごめん！　遅くなっちゃった」

紅羽は背後から美月の声が追いかけてくるのを聞いた。

「大丈夫です……」

笑顔で言いかけて、振り向いた紅羽は反射的に口をつぐみ、目を見張った。

そこには——車椅子に乗った美月が、にこにこと微笑んでいたのだ。

「紅羽、舞香。久しぶり。来てくれてありがとう」

美月の声は演劇部のスターだった頃と変わらず張りがあり、かなり短く切られたショートヘアがよく似合っていた。

「何も話してなかったからびっくりしたよね……あたし、実は一年前に事故に遭って」

美月は明るい声色のまま話を続ける。紅羽と舞香はぎゅっと自分の手を握り締め、それぞれ聞いていた。

「……で、二人は仲直りできたの？」

いたずらっぽい顔で美月が訊ねる。それまで真剣な表情を浮かべていた紅羽と舞香は拍子抜けしてしまった。

「えええ⁉」

「先輩、知ってたんですか？」

同時に叫んだ二人を可笑しそうに眺めながら、美月は頷いた。

「そりゃ、知ってるよ。二人に仲直りしてほしくて、今日のセッティングしたんだもん」

さらに美月は企み顔で続けた。

「事故に遭って、リハビリをしなければならないとわかったとき、ふと浮かんだのが紅羽と舞香でね。ああ、二人に会いたいなと思ったの。それで、二人に会いに行くことを目標に毎日リハビリを頑張ったんだ」

美月は浮かべていた笑顔を、ふと緩める。紅羽はその顔をじっと見つめた。優しく柔らかい表情の中に、凜とした意志を感じ取れた。

「でも、元演劇部の子の話で、紅羽と舞香が長い間喧嘩別れしてる状態だって知って……三人で会う日をきっかけに仲直りさせようと思ったわけ。それでさ、さっきから二人が話してるのを見てて、もう前みたいに仲良しに戻ったとわかったんだけど、合ってる？」

言葉を止め、美月は紅羽と舞香の目を一人ずつ覗き込んだ。

「合ってます！」

「おかげさまで……無事に仲直りできました。先輩、何でもお見通しですね」

「でしょー？　あたしのおかげ」

美月の笑顔が、さらに大きくなる。

「と言うのは冗談だけど、あたしのほうこそ、二人にお礼を言いたいんだ。二人に会うために、あたしは今日まで頑張れた。今日の計画を立てた時、東京駅を選んだのも、通路が広くて車椅子で移動しやすかったから。エレベーターやお手洗い、設備も整ってるし、この場所なら大丈夫だと思って、大げさだけど今日を生きる希望に頑張ってきたんだ。紅羽、舞香、本当にありがとうね！」

美月がお辞儀をすると、紅羽の目に涙が滲んだ。様々な感情が渦巻いて、言葉にできなかった。やっぱり先輩はすごいな、という想い、やっぱり舞香も先輩も大好きだ、という想いが胸の中にいっぺんに押し寄せてきた。

——こうやって会えたこと、全然簡単なことじゃなかったんだ。

「ま、積もる話はカフェでしよ！　あー、時間足りないかもね」

感動的なトーンから一転、美月は再び笑顔で言った。紅羽は舞香と美月と並んで通路を歩き、笑い合う。女子高校生に戻ったような明るく華やかな笑顔だった。私たちは嘘つき。紅羽はふとそう考える。でも全員が優しい嘘つきだ。

紅羽は歩きながら再び嬉し涙が花びらのように流れて消えるのを感じていた。

退職

水城正太郎

東海道新幹線南乗り換え口。待合室に続く短い階段に人通りはない。

加藤は階段を上がると自動販売機の前に立ち、ガラス張りの待合室を外側から覗き込んだ。

待合室に人影は少なく、並んだ濃紺のシートが鈍く照明を反射していた。

「こりゃ『待合のマサ』も現れませんよ」

昨今のコロナ禍にあって長距離の移動は推奨されていない。新幹線を待つ乗客も少なければ、それを狙うスリもまた仕事の機会が減っているに違いない。

「甘いよ。スリのように考えられなければスリは捕まえられない」

答えた谷川は、通称を『鬼の谷川』。加藤はコンビを組まされてまだ一ヶ月程なのだが、それでもあだ名の意味を嫌というほど思い知らされてきた。

まず笑顔を見たことがない。老人と言っていい年齢だが、威圧感だけを長年積み重ねてきたかのような顔をしている。さらに身体のあらゆる部分が太い。指が、腕が、首が、おまけに眉までも。いかつい男性はよく「子供が見たら泣き出すような」と形容されるが、谷川の場合、子供は泣き止み、即座に詫びを入れるだろう。

さらに仕事に容赦がない。刑事三課。窃盗への対処が主体だが、勤務態度は徹底していた。職務質問を逮捕に結びつけた例は数しれない。一見するとサラリーマンにしか見えぬ通行人を谷川が呼び止めると、これが空き巣用の窓割り道具一式を持ち歩いていたなどは当たり前にある。

その容赦のなさは苛烈とも言える域に入っており、警察内部の些細な不正や怠慢にも厳しかった。民事不介入を言い訳に通報を事件化しないように逃げる刑事を叱責するなどもしょっちゅうで、仲間からも「人を見たら泥棒と思え」を実践していると噂されていた。

「あの人は人間不信ってやつだよ」

刑事課の上司などはそう言っていた。

加藤が谷川とコンビを組まされたのは、もう新人くらいしか相手が居ないというのが理由だった。もうすぐ谷川が定年ということでなければ加藤も音を上げていただろう。特に相棒となった自分にも不正をしていないかと詮索する癖には辟易していた。対面するたびに緊張を強いられるのである。

そして、今日がその待ちに待った谷川の定年日。今日くらいは働かなくてもいいはずだが、谷川が最後にどうしても名物スリ『待合のマサ』を挙げたいと言い出したのだ。

最後の最後まで面倒くさい。付き合わされる加藤にしてみれば、そう思わずにはいられない。

「だったらどう考えて今日なんすか？」

「金曜の夕方だ。地方へ帰るサラリーマンが待合室で居眠りをする。このタイミングだから周囲に人はいない。この待合室は出口がひとつの袋小路だ。こんな捕まりやすいところで盗みなんざするはずない、と誰もが考えているだろう。その逆を突く程度のことはベテランならする」

『待合のマサ』のようにあだ名が付いているほどのスリとなると累犯犯罪者がほとんどだ。何度捕まっても同じ罪を犯す。手口も変えない場合がほとんどで、マサの場合は新幹線の待合室で油断している乗客のポケットから財布を盗むのがお決まりだ。

「スリのように考えたなら、どうしてこの待合室なんです？」

「それは勘だ。特に理由はない」

「……外れても知りませんよ」

加藤はぼやいて待合室に入っていく。

谷川の顔は累犯であるマサにはすでに知られている。そうでなくとも谷川は刑事の臭いがしすぎていた。その点、加藤の方は顔も知られていなければ、刑事らしくもない。待合室で座り続け、マサが仕事をしたのを見たら取り押さえるという手はずになっていた。

スマホのメールで何かあれば適宜報せることにはなっていたが、実際に働くのは加藤のみということになる。損な役回りになったものだ。

黄色い「東京みやげ」の看板を掲げた売店が角にあり、レジを待合室の内側と外側の両方に向けているが、その二室を隔てる壁のせいで、通路との仕切りがガラス張りにも関わらず奥側はどこからも死角になっていた。加藤は入室してすぐの壁際に居場所を定めたが、全体を見渡せるのはこの位置だけのようだ。確かに〝仕事〟をするにはもってこいの場所かもしれない。

待合室には加藤の他に二人。

外側に背を向けた中央のシートに砂色のコートの男性。長期出張の帰りなのか黒い大型スーツケースを傍らに置いていた。膝にノートパソコンを開いて何やら打ち込んでいる。

もう一人は黒いダウンジャケットで、奥のシートに座っていた。ブリーフケースを横の空きシートに置き、居眠りなのか腕を組んでうつむいている。

この場所の確認ができたら後は待つだけだ。『待合のマサ』には来て欲しくない、という奇妙な気分を抱えつつ、加藤はスマホに熱中しているフリをする。

それほど時間が経たぬうち、自動ドアが開いて老人が入ってきた。視界の端で人相を確かめる。それは事前に写真で見ていたマサその人だった。

貧相で痩せた老人だが、背筋は曲がっていない。禿げ上がった頭と気弱そうな目つきが印象的だ。ねずみ色のジャンパーを着て、汚れたスニーカーを履いている。新幹線を待つ乗客ではないとひと目でわかるものの、加藤以外には彼を気にしている者などいないようだ。

加藤は谷川にメールを打ち、その後のマサの動きを視界の端に入れ続ける。待合室というそれほど広くない部屋に三人のみ。この何か不審な動きをすればすぐにわかってしまう状況下でマサがどうするつもりなのかが気になった。

マサはキョロキョロと周囲を見回すようなことは一切しなかった。ただ一直線に黒いダウンジャケットの男性に向かって歩いていき、彼が寝ているかどうかを気にしないばかりか、起こさないようにする配慮すら皆無であるかのように、無造作に男性の尻ポケットから財布を抜き取った。

加藤は感心するというより呆れてしまって、財布から金を抜き取ってポケットに突っ込みながら歩いていくマサを確保するのが遅れてしまった。自分の前を通り過ぎてから慌てて立ち上がる。

「ちょっと！」

背後から声をかけて肩を押さえようとしたが、マサは加藤の動きに気づくと走り出していた。

追いかけようとする加藤より一瞬早くマサは待合室の自動ドアから外に飛び出していたが、そこに谷川の大きな顔が待っていた。

「はいちょっと止まってね。止まって、止まって」

口調こそ穏やかだが、手を大きく広げてドアを塞いでいる。痩せた老人であるマサには抗うべくもない。

「かんべんしてくれよ」

そう小さい声で言い、肩を落として立ち尽くした。

「だめだよ。もう何度目だと思ってるんだ」

谷川の口調は静かだが、冷淡だった。

「ここで見逃してくれたらもうしない。もうしないからよぅ」

おどおどして小さくなっているマサを見て、加藤は哀れに思う。彼が行ったずさんな手口は、盗癖が自分では抑えられない病気にまでなってしまった結果なのではないかと感じられたからだ。

それから加藤は黒いダウンジャケットの男性を揺り起こした。彼が自分のポケットから財布を盗まれたと証言したことで現行犯逮捕となったのだが、加藤が哀れな老人に向ける憐憫（れんびん）は署に連行する間も募り続けた。

「本当だよ、もうしない。心から反省したからよぅ……」

ひっきりなしにマサは喋り続けたが、谷川はそれに対して何も言わなかった。それどころか加藤にも決して反応しないよう目で命じていたことも、加藤が老人を憐れむ理由になった。

「本当だよ。金が必要だっただけなんだよ。年金じゃ足りねぇんだ。孫を預かっちゃってよ。帰らないとそいつが待ってるんだ。まだ一人じゃ飯も食えねぇ年齢だ。だから帰してくれよぅ」

年端も行かぬ孫が待っている、と言われて加藤はさらに心が動いた。取り調べは明日からということで留置所にマサを入れたが、なおも孫のことを訴えるので、加藤は耐えきれなくなって谷川に言った。

「あれでいいんですか？　孫がいるって」

「嘘に決まってんだろ。お前もそういうのにいちいち同情してどうする。そんなことじゃ刑事やってられんぞ」

谷川はにべもない。その態度に加藤もカチンときた。

「じゃあ嘘かどうか確認に行きましょうよ。どっちにしろ逮捕者の家族に連絡しなくちゃいけないんだから、いいでしょう？」

「あの爺さん、子供とはもう別居して長いんだ。孫なんぞ預けられてるものか」

「最後だから言わせてもらいますけどね。そんなだから送別会も開いてもらえないんですよ。人間不信だってみんな言ってますよ！」

売り言葉に買い言葉ではあったが、さすがに言い過ぎた。

しかし、谷川は何も答えなかった。

加藤は後に引けなくなって、こう続けた。

「それじゃあ確認に行きましょう。俺の言う通り孫がいたら俺の勝ち。いなかったら谷川さんの勝ちです」

「その勝ち負けになんの意味がある。それに退職の日に残業させるのか？」

谷川はぼやいたが、それは行くことに同意したという意味であった。

マサが告白した住所はさほど遠くなかった。車で十分程走り、あとは徒歩だ。

道中、送別会も開いてもらえない、と言われたのがショックだったかのように、谷川は喋り続けた。

「俺はそこまで人間不信に見えていたか？」

「そりゃあそう見えますよ。みんな隠れて言っていましたが、気づいていなかったんですか？　犯罪者に厳しいのは誰でもそうですけど、谷川さんの場合は冷淡すぎます」

「犯罪者ってのは、いくらでも小狡くなれるものだ。どんな筋の通らない言い訳でもする。そういうのを何度も見てきた」

「犯罪者に厳しいだけじゃないですよ。刑事にも友達いないでしょう？」

「……仕事場に友達はいなくて当然だろう。それに刑事だって長いことやってると一般人より偉くなったと思う奴ばっかりだ。普通の人のために働かなくなったらおしまいだ」

「その主張は正しいですけど、谷川さんの態度じゃ素直に言うこと聞けませんよ。誰でもすぐに疑ってかかるんだから。今回だってそうだ。最初から嘘だって決めてかかってる」

「さすがに孫だってのは嘘に決まってるだろうさ」

「だからそういうのですよ。これは賭けだって言ったじゃないですか。負けたらその態度を改めてもらいますからね」

「もう退職だって言ってるじゃないか。その勝ち負けには意味がないぞ」

やがて一軒のボロアパートが見えてきた。二階建てで鉄筋むき出しの階段がついている。住人が少ないらしく、カーテンすらついていない空き部屋が半数で、マサの部屋は一階と聞いていたが明かりの点いている部屋はひとつもない。

「誰もいないじゃないか」

谷川が皮肉っぽく言った。さすがに子供がいたら明かりくらいは点いているだろう。だが加藤は意固地になっていた。

「まだ部屋を見たわけじゃないでしょう」

アパートの大きなサッシ窓は外から簡単に見える位置にあった。加藤は近づいてしゃがみ、驚きに目を見開く。

レースのカーテンを通して見えたのは、人恋しげに外を見ている子犬だった。雑種犬で、まだ生まれてそれほど経っていないだろう。片方だけ耳の寝た半端な外見だが、まるで人間のことを疑っていない黒い丸い目が加藤に「出してくれ」と呼びかけていた。

「いましたよ、孫」

その言葉で谷川も驚いて後ろから窓を覗いたが、子犬だと気づくと「犬じゃないか」とぼやいた。

「でも腹を減らした子供はいましたよ。放っておくわけにもいかないでしょ。首輪がない。捨て犬を拾ったんじゃないかな」

「このままだと保健所だな」

谷川が言うと、窓に手をかけた。幸い、鍵がかかっていなかったので、窓はきしんだ音を立てて開いた。

加藤は谷川の行動に驚く。誰も責める者はいないだろうが、厳密に言えば不正にあたる行動を谷川が躊躇なく取るとは思ってもみなかった。

驚いている加藤の間抜け顔に気づき、谷川はばつが悪そうな顔になる。

「俺だって時と場合はわきまえる。手続きなんかしてたら、その間にこいつは死んでしまうぞ」

子犬を抱き上げて言う谷川に、加藤は顔をほころばせた。

「そいつ、谷川さんが飼うべきですよ」

「え？　どうしてだ」

「だって、谷川さんのそんな顔、はじめて見ました」

谷川は笑顔になっていた。いかつい顔の頬を自然と緩ませ、温かい目を腕の中の子犬に注いでいる。

「そんな顔ってどんな顔だよ」

照れくさそうに谷川は言った。

「笑った顔を見たことないってことですよ」

加藤もニヤつきながら返す。

「そうか、俺は笑ったことがなかったか」

谷川の表情から笑いが消えた。

「すいません。言い過ぎましたか」

「いや。確かにこれまで俺はずっと笑っていなかったかもしれない」

それから無言で近くのコンビニに行き、ペットフードと水を買い、車に戻る。

谷川は助手席で子犬を抱き、ペットフードを手に載せて与えた。その表情はやはり優しい。

「……谷川さんは、どうして刑事になったんですか？」

「俺が刑事になった頃は今より時代が悪くてな。大学で東京に出てきたんだが、東京駅で全財産をスられて、自分がひどい間抜けだったってえらく情けない気分になった。警察に届けたんだが、そこでの応対がひどいもんで、犯人を捕まえるつもりなんかまるでないんだ。それを見て意固地になってな」

谷川はつぶやくように言った。

「それで異動の話があっても、ずっと三課だったんですか」

「そういうことだ。もう退職だから、全部終わった話だ」

食事を終えた犬が谷川に甘え始めた。それを見て、加藤は車を発進させた。

「どうした。急に車を出して」

「署に戻るんですよ。谷川さんの退職挨拶がまだだから」

「よしてくれ。向こうだって迷惑だろう」

「いいえ。賭けは俺の勝ちだったんで言うことを聞いてもらいます。そりゃあ、俺も皆の態度が変わるなんて思ってないし、もう退職なんだから遅すぎます。でも、その犬と谷川さんの生活はこれからです。何かケリをつけなきゃ」

「無駄だって言ったろ。それに、賭けはお前の勝ちじゃない」

「いいや、俺の勝ちです。待合のマサの孫を鬼の谷川が引き取ったって言えば、皆、少しは笑ってくれますし、それで送り出されるのも悪くないはずです」

「孫……孫、ねぇ」

谷川は困惑したように言い、転校初日の子供のような表情でうつむいた。

大阪駅地下には迷路が広がっている

石田空

「ごめん、羽島くん。そのケース直しといて」

バイト先の百均ショップ。

先輩の吉川さんにそう言われて、渡された本立てで使うプラスチックケースを眺めて途方に暮れていた。どこも壊れている場所がないような。

「……すみません、このケースどこが壊れているんでしょう？」

「えっ？　これ直してって言ったけど。なんで壊れてるって思うん？」

「だから、どこが壊れているんですか？」

俺の言葉に一瞬吉川さんが固まったあと、目をパチパチさせてから破顔した。

「あ……あーあーあーあ！　そっか、そうやね、わからんか！」

突然吉川さんが笑い出して、ますます俺は困惑する。

「ごめん！　直せって関西弁！　ケースしまっておいてほしかってん！　いやあ、ほんまに通じへんねんなあ……！」

そうケタケタ笑われてしまって、俺はどこで笑えばいいのかわからず、ケースを片付けた。

これはからかわれたんだろうか、単純なミスだったんだろうか。そういうのがちょいちょいと続いていた。

進学のために神奈川から大阪に越してきてからというもの、どうもその空気に合わずに、困ることが多かった。

何故か振られた話にオチを求められる。本人たちが標準語感覚で使う方言が細か過ぎてこちらがわからないことが多い。エスカレーターで並ぶ場所が違う。動く歩道では何故か歩くことを求められるし、どこに行っても誰もがせかせかしている。信号が変わったときなんかは特に顕著だ。粉もん文化とは聞いたことがあったけれど、どこに行っても本当にたこ焼きやお好み焼きを売っているし、スーパーにも専用のソースをたくさん売っている。醤油の味も、だし醤油の味も、気のせいかなんか違う。

そういう細かい土地柄の違いが原因で、気持ちがささくれ立つことが多い。

おまけに妙に人との距離感が近くって、図々しい。大阪人はお節介だって言われていたけれど、こうも距離を詰められると、人見知りって程でもない俺でも困る。

「はあ……」

どうにか今日のバイトをやり過ごして、アパートに着いたとき、何気なくスマホのニュースを覗いた。明日からスマホの新作が発売されるらしい。そういえばこの間からスマホが誤作動起こすし、そろそろバイトの給料も入る。

気分転換に、明日はＪＲ大阪駅の電器店にスマホを見に行くことにした。

「嘘だろ……」

俺は呆然とする。

ＪＲ大阪駅から、歩道橋を渡って電器店まで行こうとしたものの。

【大変申し訳ございません。現在通行止めです】

直通の歩道橋が、閉鎖されていた。

ＪＲ大阪駅から見える距離にある電器店に向かう地上からの道は、何故かことごとく閉鎖されていたし、直通の歩道橋から行けないとしたら……地下から行くしかない。だとしたらあのダンジョンと呼ばれる込み入った地下街から行くわけだが、辿り着くのか……？　と思う。

ただでさえ地下街はＪＲや私鉄、地下鉄へ向かう道が蜘蛛の巣状に張り巡らされている上に、駅前ビルとも連結しているから道が少々入り組んでいる。その入り組み具合で、ネット上ではすっかりと自動生成ダンジョン扱いだ。

念のため、電器店の地図をスマホで検索してみる……地上のルートなら徒歩一分と表示されるが、地上からの道がないから困っているんだよと、すぐにその検索結果はなかったことにした。

……まだ大阪の土地勘がないっていうのに、どうしろっていうんだ。

早くも帰りたい気分になったものの、ここまで出てきてしまったのになにも買わずに帰るのももったいない気がして、俺は渋々猥雑（わいざつ）な雰囲気の地下街へと足を踏み入れることにした。

頼むから着いてくれよと、電器店行きの案内板を頼りに歩き出した。

　でも、大阪駅地下街の案内板はおかしい。行く道行く道に案内板が見えるけれど、それを見ながら歩いていると途中で案内板が消えるし、いつの間にか電器店を通り過ぎてしまっていることだってある。

　それに、似たようなビル名が多いし、改札から入らないと通れないルートだってあるし、改札を迂回した途端に思っていたのとは全然違う道に出るし。

　俺は確かに案内板の通りに歩いたはずなのに目的地に到着できず、そのたびに元の道に戻ってきては、必死に案内板を探す。

　どうなってるんだよ。

　大阪に住んでいたら、こんな案内してくれない案内板の相手をしないといけなくなるのか。土地勘のない人間に、こんな迷宮を突っ切れなんて、難しいにも程があるだろと、俺は何度も何度も地下街をぐるぐると回る。

　もうここが地下のどこなのかもわからなくなる。いい加減誰かに聞こうか。

　そう思って辺りを見回すものの、駅員さんらしき人もいないし、あちこちにある店の店員さんたちは忙しそうだ。おまけにこの辺りを歩いている人たちは、妙に足が速くて、声をかけるのも躊躇われる。

もう諦めて、アパートに帰って不貞寝してやろうか。

俺が本当に途方に暮れているときだった。

「お兄ちゃん、どうしたん？　さっきからずっと同じ場所をぐるぐる回って」

そう声をかけてきた人を見て、俺は目を見開いた。

パーマでボリュームを増やしたショートカットを栗色に染めた、派手な色のワンピースを着たご婦人だった。実家の母さんと同い年か、それ以上の年齢だろうか。思えば〝大阪のおばちゃん〟と初めて接触したなとぼんやりと考えていたら、その人は「どこ行くん？」と再び重ねて聞いてくる。

吉川さんみたいに距離感が近いタイプの人って多いのかと、普段だったら間違いなく「なんでもないです」と言って逃げ出していたけれど。今は全く役に立たない案内板に嫌気が差していたところだからちょうどいいか。

「……すみません、電器店に行きたいんですけど……駅前から見えてるのに、全然着かなくって……」

「ああ、あそこな！　ごめんねぇ、大阪初めてぇ？　前は地上から普通に行けたんやけど、工事に次ぐ工事で、地上の道閉鎖されてんなあ。地下からやったらすぐ着くよぉ、付いてきぃ」

そう言って、率先してせかせかと歩きはじめた。

マジか、これだけぐるぐると迷子になっていたのに、土地勘がある人だったら着いてしまうのか。しかもわざわざ丁寧にわかるところまで連れてってくれるんだ。俺はなんとも言えない気分になりながら、「ありがとうございます」とその人に着いて歩き出した。

「なんか大阪の地下街って迷路みたいですよね。なかなか慣れなくって」

「せやなあ。工事で道封鎖されたら、また別の道探さなあかんから、慣れんかったら苦労するかもしれんなあ。お兄さんここらに来たんは初めて？」

「進学で神奈川から来たんです……まだ大学の近所以外は全然覚えきれてないです。地図も町名やビル名を覚えないとさっぱり使えなくって」

「あー、あるある」

不思議な気分だった。

大阪の人たちはやけに馴れ馴れしいと思って辟易(へきえき)していたはずだったのに、この人としゃべっているのは妙に心地いい。

それは単純に親切にされたからだろうか。それとも実家の母さんを思い出すからだろうか。母さんは関西弁ではなかったけれど。

おばちゃんはころころ笑いながら「ごめんなあ」と不意に謝り出す。

「大阪はごちゃごちゃしてるし、人がなんだか馴れ馴れしいし、むっちゃせかせかしてるって思ってるやろ？　私もそう思うし」

「ええ……？」

俺はなんとか「そんなことないですよ」とフォローしようとしたものの。おばちゃんはどこか遠くを見る目をしていた。

「うちも結婚で大阪に越してきたとき、人がずけずけと土足で入り込んでくるように馴れ馴れしいのを、じゃかあしいわって思たこと、何べんもあるし。でもそれが大阪のええとこでもあるんやって、大阪の地下街で迷子なったときに思たんよ」

そのひと言で、俺は目を見開いた。こちらから見たら、どこからどう見ても大阪在住の人にもかかわらず、この人は府外から来た人だったのかと。

おばちゃんは笑いながら続ける。

「だって他のところで、迷子なってても『大変そう』と見てるだけやけど、この人は迷子を見かけたらホンマ普通に『どないしたん?』って声かけられるんよ? 誰かにされたことがあるから、それを当たり前のように返してるんやわ。たしかにお節介やと思うけど、そんな陰口なんかどうでもええやんって開き直って目の前のことを大事にするんは、なかなかできんことやと思うよ。私もそんな大阪人になりたかったんやわ」

その言葉に、俺は思わず〝大阪のおばちゃん〟になった人をまじまじと見た。派手な見てくれだけれど、シャンと背筋を伸ばしてこうして俺を助けてくれている。たしかに、やらぬ善よりやる偽善のほうが格好いい。

「そんな風に、開き直ったらいいんですかねえ? 大阪の人とのコミュニケーションって」

「ううん？　できんのやったら、わざわざムキになってかかわらんでええよ？　ただ避けたらええねん。大阪人、おせっかいに見えて、避けたことについてはとやかく言わんし」

しゃべっていたら、ようやく迷路のような道から抜け、電器店の自動ドアが見えてきた。

「ほら到着。ここでええ？」

「あ、ありがとうございます！　本当に、助かりました！」

「うん、頑張りやあ。ほら、飴ちゃんあげる」

そう言っておばちゃんは鞄から取り出した飴をくれた。大阪のおばちゃんは飴をくれるという話はよく聞くけれど、本当だったのか。俺は「なんで、飴？」と思わず聞いてしまう。すると、おばちゃんは照れたように顔を綻ばせる。

「飴ちゃんは大阪人にとって円滑なコミュニケーションをとるための道具やから。あと年取ると喉が渇いてしゃあないから、飴舐めたなんねん」

なるほど……だから大阪の人は皆、飴を持ち歩いているのか。納得できたようなできないような顔をして、頭を下げた。

おばちゃんは小さく手を振った。

「頑張りやぁ、大阪はあかんところもむっちゃあるし、時には腹立って実家帰りたなることもあるやろうけど。でも、ええとこやねん。好きになってくれたら嬉しいわぁ」

そう言い残して去っていった。

俺はなんの味かわからない飴の袋を千切って、それを口に放り込んだ。のど飴のようなすっとする清涼感が口の中に広がった。なんとなく、大阪に越してきたときから胸を占めていたもやもやも、晴れたような気がした。

一週間後、バイト先の休憩室で買ったばかりのスマホにイヤホンを繋いで動画を見ていたら「あー、最新のスマホ！」と、吉川さんに声をかけられた。

「これどうしたん？　並んだけど手に入らんかってん！」

「ええっと……この間、大阪の電器店で買ってきました」

「梅田の？」

「ええっと……」

　ＪＲ大阪駅と梅田の地名がイコールだとは、大阪に越してくるまではちっとも考えたことがなかったことだ。あの辺りのことを、大阪の人は皆一括して梅田と呼ぶらしい。

　俺がぎこちなく頷いたら、何故か吉川さんにがっかりされた。

「えー……そこ『梅田ってどこ？』って聞くところちゃうん？」

「なんでですか……」

「だってな、わからんことを説明するのって、楽しいやん」

　娯楽扱いされているんだろうか。一瞬そう思ったけれど、あのときに出会ったおばちゃんのことを思い返した。

『誰かにされたことがあるから、それを当たり前のように返しているんやわ』

と、たしかに言っていた。

「……もしかして、吉川さんは俺のこと、大阪に出てきて困ってないかと心配して、助けてくれようとしてたんですか？」

「ええ？　そりゃそうなんちゃう？」

吉川さんは本当に当たり前のように言った。

「だって、大阪人ってすぐこんな口調でしゃべるし、テレビとかの影響であつかましいとか図々しいとか思われがちやし。そのせいで他のとこから来た人からむやみに怖がられたり、警戒されるもん……せっかく羽島くん、在学中は大阪におんのに、大阪嫌いになってほしないしな。どうせしばらく住むんやったら、好きになってほしいやん」

そう言われて、俺はまじまじと吉川さんを見た。

よくよく考えれば、彼女は大阪弁やこの辺りの常識に疎い俺に、率先して絡んでいた。

最初はよそから来たから鬱陶しがられているとか、後輩だからおもちゃにされているとか思っていたけれど、単純に俺がよそで恥をかく前に教えてくれていただけだったのかもしれない。

あのおばちゃんの言葉を思い返す。……この人はもしかすると、誤解されやすいだけで、本当に普通のいい人なのかもしれない。

「ええっと……ありがとうございます？」

「えーっ、なんで疑問形なんっ？」

「いや、わかりにくいですよ、その親切。まだ大阪の地下で迷ってる俺に声をかけてくれたおばちゃんのほうがわかりやすいです」

「だってぇ、あんなに恩着せがましくド親切にはできんやろっ？」

「そういうもんなんですか？」

「そういうもんやで」

吉川さんにそう言われてしまった。

大阪駅の地下は迷路だし、未だにあそこを完全攻略できる気はしない。人は距離感が近過ぎるし、お節介だし、方言がときどきわからないけれど。

それでも、そんな大阪が少しずつ好きになってきているような気がする。

東京アリス探訪

猫屋ちゃき

丸の内南口までたどり着いて、俺は溜め息をついた。なぜ新幹線で東京駅に降り立った人が、丸の内南口あたりにいるっていうのだ。不慣れなくせに闇雲に歩き回ったんだろうなと思うと、久しぶりの東京駅であることも、この駅にあまりいい思い出がないことも、どうでもよくなってしまった。

「アリスですけど、東京駅にいます。ここからアトリエにはどう行ったらいいですか？」——そんな電話がかかってきたのは、ようやく重い腰を上げて亡き母のアトリエの整理をしていたときだった。

「普通に中央線に乗って中野駅まで行って、そこからは……」と説明しようとすると、電話の向こうで相手は何だか困ったような雰囲気を醸し出し、「……わかんない！」と怒り出した。

声の感じから若い女の子だろうなとか、これはきっと本当に困ってるんだろうなと思って、仕方がないから迎えに行くことにした。アトリエという言葉を発したことからも、母のお客さんであることは間違いなかったから。怒り出した彼女に目につく特徴的なものはないかと尋ねると、「丸の内南口ってとこ」

との何とも不正確な答えが返ってきたから、とにかくそこから動かないでくれと伝えて俺は駅に向かった。

アトリエから東京駅までトータル三十分くらい待たせることになるが、大人だったら大丈夫だろうと思っていた。人の話が聞ける大人なら。ただ電車の中で電話の感じから無理かもなと不安になって、丸の内南口を示す案内看板を目にしたときに、不安が的中したことに気づいた。

「……いないな」

そこには、目的地に向けて淀みなく移動する人波があるだけで、不慣れな雰囲気の人間やいかにも人待ち風の人間はいない。勝手にここから動いたのだろうとあたりをつけて周囲を見回すと、東京ステーションホテルの前をうろうろする目立つ人物を見つけた。

その人物を視界に捉えたとき、母がいるのかと思った。シックな色合いの、アシンメトリーな裾を持つふりふりなワンピースを着た人形みたいな女性……だが、よく見るとその女性は二十代前半くらいで母よりも若く、母のブランドの服を着ているからそっくりに見えただけだと気がついた。そして、彼女こそが電話をかけてきた〝アリス〟だとわかった。

「あの……アリスさんですか？　電話をもらった者ですが」

母のブランドの服を身に着けたその女性に声をかけると、驚いたように顔を上げた彼女の目に射抜かれた。決して大きくはないが印象の強い、人形みたいな目だ。実際、カラコンと付け睫毛二枚使いの手のこんだメイクであることはわかるのだが、それよりももっと奥から溢れ出る気迫みたいなものがすごい。

「……そうだけど、あなた誰？」

「え……あ、ケイスケといいます」

彼女がアリスで合っていたようだが、いきなり「あなた誰？」ときた。こっちこそ、何で俺の電話番号を知っているんだとかアトリエに何の用だとかいろいろ言いたいが、ひとまず目の前の女性が不機嫌な顔をしているのが気になる。

「何それ。ケイコさんとおそろいみたいでムカつく」

どうやら、俺の名前がお気に召さなかったらしい。

「おそろいも何も……ケイコの息子です。あと、母は先月、病で亡くなりました」

早めに言っておかなくてはと思って伝えると、アリスはわかりやすくショックを受けた顔をした。

「ケイコさんの服を買いにいく約束をしてたの。もう何年も前から。最後のメールに『案内人の電話番号を教えておきます』ってさっきの番号が書かれてたんだけど……息子さんの携帯だったんだ」

やはり母のお客さんだったのだとわかったと同時に、メールのやりとりをしていたということは特別な客だったということもわかる。

ブランドのサイトに連絡先を記してはいるが、それは何かコンタクトを取らなくてはいけない人のためのもので、プライベートなものではない。だから、個人的なメールのやりとりをするくらい、この子とは親しかったということだ。

たぶん、きっかけは母の気まぐれだったのだろうが。

「ずっとアトリエＫｅｙの服に憧れてて、直接ケイコさんに会って売ってもらうんだって思ってたのに……今日だってケイコさんに会うから、何とか古着屋とかオークションで過去のコレクションを手に入れて着てきたのに……亡くなってたなんて」

母に、母の作る服に、よほど思い入れがあったのだろう。アリスは事実を受け止めきれず、その場で泣き出してしまった。悲しそうなアリスの姿は、俺の悲しい記憶を呼び覚ます。だから東京駅は好きじゃないんだ。いつ帰ってくるかわからない、悲しい記憶と結びついているから。

母は、いつもいつ帰ってくるのか教えてくれなかった。帰ってくる約束もしてくれなかった。だから、見送りにいくときはいつだって自分が母の大切なものでないと突きつけられるような気持ちになっていた。

まだ母の死を消化できていない俺は、かけてやる言葉が見つからない。悲しいとかつらいとか、そういう話じゃないのは俺が一番よくわかっていたから、下手な言葉はかけられなかった。

幸い、東京駅は広くて人がたくさんいて、こんなふうに若い女性が泣いていても誰も気に留めない。だから、とりあえず泣かせておくことにした。

「……よし。案内してほしいところがあるんだけどさ」

ひとしきり泣いたら気が済んだのか、アリスはハンカチで目元を拭ってから俺のほうを見た。気持ちが追いついていない俺は、驚いてすぐに反応できない。

「たぶん、代官山とか原宿じゃないかと思うんだけど」

そう言って、アリスはスマホに保存してある写真を見せてくる。それは、おしゃれな路地裏の看板や可愛らしい食べ物、どこかの店の内装を写したような、とりとめもない写真だった。

「情報、写真だけ？　住所は？」

「わかんない。でも、ケイコさんがブログに載せてたから、絶対におしゃれな街のどこかだと思うの」

「うわぁ……」

そんなないにも等しい情報から場所を探って案内しろだなんて、一体どんな罰ゲームだよと思う。ぶっちゃけ、アリスが見せてくる写真の中にあるものは、東京ならどこかしらで撮れるものだ。たぶん、特別なものなどどこにもない。

だが、その中の一枚に特徴的なラテアートがあった。それに見覚えがあったから、ダメ元で検索してみると見事にヒットした。

「これ、アトリエの近く……阿佐ヶ谷にある店だと思う」

「じゃあ連れてって」

「わかった。電車に乗るから、こっち」

改札を抜けてエスカレーターを上り、一番ホームから中央線高尾行に乗ってまずは中野を目指す。二十分くらい知らない人と電車に揺られるとなるとどんなことを話せばいいかと悩んだが、アリスはそういうことは気にしないタイプのようだった。

「私ずっと太ってて、いじめられてて、そのせいで学校にあまり行けないときもあって……そんなときにたまたまケイコさんの服を知って、痩せたら絶対に着るんだって思って、その気持ちをメールしたの。決意表明のつもりで。そしたらケイコさんが返信くれて、それ以来ずっと何年もやりとりしてたんだ」

「……そうだったんだ。母さんのブランド、めちゃくちゃ細身だからね。あの人自身がガリガリだから」

「でも、ケイコさんは太ってる人に厳しくなんてなくて、励ましてくれたよ」

「そっか」

アリスのほうがよほど母さんに気にかけてもらってたんだろうなと思うと、何だか複雑な気分になった。女手ひとつで育ててもらったし、大学まで出させてもらったが、あの人に気にかけてもらったという記憶はない。

あの人には服が、ブランドが、それを着る人がいればよかったんだと思う。そういう意味でいえば、このアリスのほうがよほど母さんの子供みたいだ。

熱心に話すアリスを見ていたら胸の中がスッと冷えていく感覚とジリジリと焦げつくような感覚の、ふたつの相反する感情がぶつかりあった。でも、それをうまく言葉にすることができないうちに、電車は中野に到着してしまった。

「乗り換え、だから」

アリスを促して電車を降りて、次は三鷹（みたか）行に乗る。そしたらすぐに阿佐ヶ谷に到着した。目的のカフェは、駅から出てすぐのところにある。わりと有名な店で、わざわざここを目当てに阿佐ヶ谷までやってくる人もいるし、俺も来たことがある。確か、母と一緒だった。

「じゃあ、このキャラメルラテをふたつお願いします」

店に入って席につくなり、アリスはそんなふうに勝手に注文した。写真に写っていたお目当てのものだから自分の分だけならわかるが、なぜか俺の分まで。

「何で勝手に……冷たいの飲みたかったのに」

「ここに来たらこの可愛いラテを飲むものでしょ？　わがまま言うな」

「わがままって……」

強く言われると何だか俺が間違っていた気がして、うまく言い返せなかった。

だから仕方なく、注文したものが来るのを待つ間、店内を見回してみる。やっぱり、見覚えがある場所だ。古き良き時代の喫茶店という言葉が浮かぶ、落ち着いた雰囲気の店内だ。でも、店主のこだわりを感じさせる可愛らしい小物がたくさんあって、可愛いもの好きやレトロ好きに人気なのがわかる。

確かここに来たとき母ははしゃいでいて、「ケイちゃん、こういうとこ好き？」

と聞いてきた気がする。でもそれに対して、何と答えたか覚えていない。

「さっきの写真、見せてくれる？」

可愛らしいラテアートが施された飲み物が運ばれてきて、アリスはたちまちそれに夢中になった。対して俺は猫舌ですぐには飲めないから、待つ間にアリスの目的地の数々を確認しておくことにした。

「……やっぱり、ここに写ってるもの、全部アトリエの近所だな」

電車の中で見せられたときはぼんやりとしていた記憶が、ここにきてはっきりとしてきた。この店に来たことで、いろいろなことを思い出したと言うべきか。

「アトリエの近所ってことは、すぐに行けるってこと？」

「そういうことだな。これも、これも……全部阿佐ヶ谷だな」

特徴的な屋根のアーケードは商店街だし、お地蔵さんも商店街の端にあるものだし、脇道に逸(そ)れた入り組んだ路地も商店街の近くの景色だ。

「あの人の世界って……狭かったんだな」

世界的アーティストにライブ衣装を依頼されることもあったし、海外のファッションショーに呼ばれることもあったっていうのに、ブログに載せている写真が近所のものばかりだなんて、正直驚きだった。呼ばれれば全国どこにでも行くし、子供の俺を置いて海外にだって平気で旅立っていってしまったくせに。

「それなら、全部案内して！　そして最後にアトリエに連れてって」

「……わかった」

俺の戸惑いを理解しろってのも無理だから、アリスに付き合ってやるしかないのだろう。憧れの人が見た景色を自分の目で見られるかもしれないと思えば、はしゃぐのも当然だ。

ラテを飲み干して店を出て、俺は写真の場所にひとつひとつ案内した。子供のときはよくアトリエに連れてこられていたが、大きくなってからはそれもほとんどなくなった。だから、子供のときの記憶を頼りにだ。

歩くごとに、写真の中の景色を見つけるたびに、母との思い出が蘇ってくる。

……何で徒歩圏内の写真ばかりブログに載せていたのだろうか。ファッションデザイナーとして撮るべきものはほかになかったのだろうか。

「ここが、ケイコさんのアトリエか……」

目的地をすべて訪れて、最後に母のアトリエにやってきた。アトリエといっても何てことない、雑居ビルの中の一室だ。

「あ、これ……」

しばらく感慨深げに室内を見回していたアリスが、何かに気がついたように部屋の一角に向かった。そして、そこに積んであった箱やら本やらを押しのける。

「ケイスケ、大きくなったんだね」

そんなふうに言ってアリスが指差すのは、柱だ。指差していたものに近づくと、日付と身長らしきものを示す文字が見える。どうやら母が、俺の成長を記録していたようだ。小学校を卒業するくらいまでは測ってもらっていたことを、今思い出した。

「ケイコさん、あなたが育ってくのが嬉しかったんだね」

アリスが差し出すスマホを見れば、この柱を写した写真があった。こんなものまでブログに載せていたのか。

「そっか……そうだったのか」

何で？　と考えて、すべてがカチリとはまった気がした。母がブログに載せていた景色は、全て俺と歩いた近所のものだ。自分の服とブランドにしか関心がないと思っていた母は、俺と見た景色を宝物のように思っていたらしい。

子供のとき、何でも写真を撮る母に対してどうしてなのか尋ねたことがあった。「あとで見て今日のことを思い出したり、誰かに見せたいからかな」と言っていた母の気持ちが、今少しだけわかったかもしれない。時を超えて、俺は母との思い出を共有した。

「何で俺の携帯番号を教えてんだよとか、東京駅に迎えに来いとかどういうことだって思ってたけど、何か……すべて見越してたのかもなって気がしてきた」

母にどことなく似た、母のブランドの服を身につけた女の子。わがままで強引で、正直普通だったら相手にしたくないタイプだけど、母はこの子と俺を引き合わせたかったのだろう。

「よくわかんないけど、元気になったみたいでよかった。ケイコさん亡くなってすぐのとこ来ちゃったんだって思って、どうしようかと思ってたから」

　俺が片付け途中だった服を引っ張り出して自分の体に当てていたアリスだったが、カバンを手に帰る用意をしようとしている。

「どうした？　服、選んでたんじゃないの？　そこらへんにあるのはたぶん未発表のものだと思うけど、それでよければ持って帰っていいよ」

「いや……たぶん、入んない。私、本当はまだ目標の体型になってないの」

　もじもじと、何だか申し訳なさそうにアリスは言った。言われてみると、確かにアリスの着ているものは母が作ったものと少しラインが違って見える。それは、窮屈な服を無理やり着ていたからのようだ。

「何だ、そんなことか。それなら、お直ししてやるよ。母さん、亡くなる間際はどんどん痩せてって、着られるものが減っていって、詰める作業はよくやってやったんだ。緩めるほうのリフォームなら悲しくなくて大歓迎だよ。いたっ」

　安心させてやろうと思って言ったのに、なぜか肩をグーで殴られた。健康的な体型なのを褒めたのに。

「着られるようになるのは、嬉しいけど……」

「お直し、終わったら送ってやるよ」

本当はアトリエも残されたものも、全部放り出してしまおうかと思っていたのだ。でも今は、このアトリエでアリスからの電話を受けたときとは違い、俺の気持ちは前向きになっている。

「ううん、取りに来る。だからまた、東京駅まで迎えに来て」

厚かましくもそんなことを言って、アリスはにっこり笑う。でも、それも含めて悪くないと思えた。

「……わかったよ」

東京駅は俺にとって悲しい場所で、嫌いだった。でも、これからはそれも変わるようだ。この変化を見越して出会わせたのだとしたら、母はすごい。誰かを迎えに行くのなら、東京駅はきっと素敵な場所だ。

これも含めて愛だと思いたいから、俺は母が出会わせてくれたと信じることにする。

この物語はフィクションです。
実在の人物、団体等とは一切関係がありません。
本作は、書き下ろしです。

PROFILE 著者プロフィール

置いてきぼりのキラキラ
朝比奈歩
東京在住。最近はじめたビオトープ。なぜかタニシが増殖して困惑中。著書に『嘘恋ワイルドストロベリー』。『たちまちクライマックス』の1、2、4に参加。どちらもポプラ社刊。

ええねんよ
ひらび久美
大阪府在住の英日翻訳者。『福猫探偵〜無愛想ですが事件は解決します〜』『Sのエージェント〜お困りのあなたへ〜』(ともにマイナビ出版ファン文庫)のほか、恋愛小説も多数執筆。読書と柑橘類と紅茶が好き。

富士山は見えたか見えないか
桔梗楓
恋愛小説を中心に執筆。趣味はコンシューマーゲームとレジン制作。著書に『河童の懸場帖東京「物の怪」訪問録』(マイナビ出版ファン文庫)、『京都北嵯峨シニガミ貸本屋』(双葉文庫)ほか。

望京
鳩見すた
第21回電撃小説大賞《大賞》を受賞しデビュー。著書に『ひとつ海のパラスアテナ』(電撃文庫)、『アリクイのいんぼう』(メディアワークス文庫)、『こぐまねこ軒』(マイナビ出版ファン文庫)など。

大阪ダンジョンの冒険者
溝口智子
福岡県出身・在住。博多のとんこつラーメンがソウルフード。小学校高学年で世の中にとんこつ以外のラーメンがあることを初めて知り、衝撃を受ける。最近、近所に醤油ラーメン専門店が二軒でき、それも衝撃。

記憶の花園
朝来みゆか
2013年から、大人の女性向け恋愛小説を中心に活動中。富士見L文庫にも著作あり。ペンネームは朝型人間っぽいですが、現実は毎朝ぎりぎり。玄関を出てから忘れ物に気づくのはもう卒業したいです。

薫風のいたずら

矢凪

千葉県出身。ナスをこよなく愛すフリーライター。『茄子神様とおいしいレシピ』が「第回お仕事小説コン」で優秀賞を受賞し書籍化。柳雪花名義の著書に『幼獣マメシバ』『犬のおまわりさん』（竹書房刊）がある。

春告げ相撲

遠原嘉乃

大阪府出身。『騎士団付属のカフェテリアは、夜間営業をしておりません。』（ともに双葉社）、『化けてます―こだぬき、落語家修行中―』（同上）、『七まちの刃―堺庖丁ものがたり―』（マイナビ出版ファン文庫）を刊行。

わたしたちは嘘つき

杉背よい

著書に『あやかしだらけの託児所で働くことになりました』（マイナビ出版ファン文庫）、『まじかるホロスコープ☆こちら天文部キューピッド係』（ＫＡＤＯＫＡＷＡ）など。石上加奈子名義で脚本家としても活動中。

退職

水城正太郎

『東京タブロイド』（富士見ミステリー文庫）でデビュー。代表作『いちばんうしろの大魔王』（ＨＪ文庫）。鎌倉在住。コーヒー愛はそれなり。とはいえ他のカフェイン摂取手段は好まず。

大阪駅地下には迷路が広がっている

石田空

『サヨナラ坂の美容院』（マイナビ出版ファン文庫）で紙書籍デビュー。著作は『神様のごちそう』（同上）、『縁切り神社のふしぎなご縁』（一迅社メゾン文庫）、『吸血鬼さんの献血バッグ』（新紀元社ポルタ文庫）。

東京アリス探訪

猫屋ちゃき

乙女系小説とライト文芸を中心に活動中。２０１７年４月に書籍化デビュー。著書に『こんこん、いなり不動産』シリーズ（マイナビ出版ファン文庫）『扉の向こうはあやかし飯屋』（アルファポリス）などがある。

東京駅・大阪駅であった泣ける話

2021年5月31日　初版第1刷発行

著　者　朝比奈歩／ひらび久美／桔梗楓／鳩見すた／溝口智子／朝来みゆか／矢凪／遠原嘉乃／杉背よい／水城正太郎／石田空／猫屋ちゃき
発行者　滝口直樹
編集　ファン文庫Tears編集部、株式会社イマーゴ
発行所　株式会社マイナビ出版
〒101-0003　東京都千代田区一ツ橋二丁目6番3号 一ツ橋ビル　2F
TEL　0480-38-6872（注文専用ダイヤル）
TEL　03-3556-2731（販売部）
TEL　03-3556-2735（編集部）
URL　https://book.mynavi.jp/

イラスト　sassa
装　幀　坂井正規
フォーマット　ベイブリッジ・スタジオ
DTP　田辺一美（マイナビ出版）
印刷・製本　中央精版印刷株式会社

●定価はカバーに記載してあります。●乱丁・落丁についてのお問い合わせは、
注文専用ダイヤル（0480-38-6872）、電子メール（sas@mynavi.jp）までお願いいたします。

 ISBN978-4-8399-7608-8

Printed in Japan